The Love Comedy
Which Nurtured
With a Mom Friend.
2

Contents

昏本響汰【くれもと きょうた】

妹が大好きな高校生。親の代わりに妹の面倒を見ている。

暁山 澄【あきやま すみ】

弟が大好きな女子高生。容姿端麗・頭脳明晰な孤高の少女。

昏本想夜歌【くれもと そよか】

響汰の妹。わんぱくな性格の3歳児。

暁山 郁【あきやま いく】

澄の弟。大人しい性格の3歳児。

雨夜瑞貴【あまや みずき】

響汰の友人。さわやかイケメンでクラス一のモテ男。

柊 ひかる【ひいらぎ ひかる】

響汰、澄の同級生。クラスのアイドル的存在の美少女。

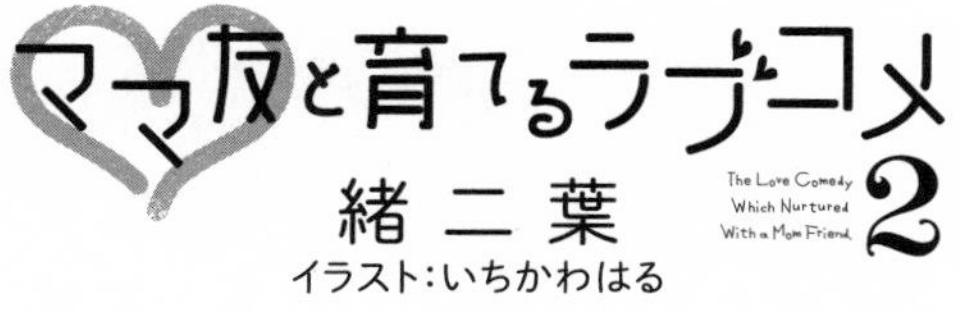

一章　雨の日の妹が可愛すぎる。

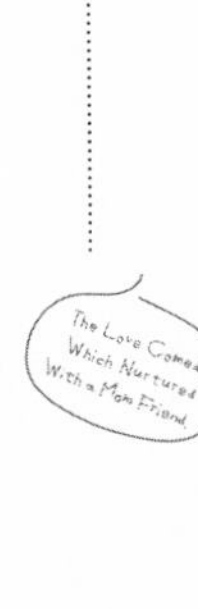

「これはまさか、想夜歌（そよか）の涙!?　想夜歌が寂しがっているから空が泣いているのかもしれない」

六月最初の登校日は、あいにくの雨で始まった。

本格的な梅雨入りはまだ先だというのに、天気予報には連日傘マークが並んでいる。そのせいか気温が少し低くて、肌寒い。

「放課後になれば止むと思ってたんだけど、全然だな。想夜歌が幼稚園で首を長くして待っているというのに……っ！」

寂しがっているであろう最愛の妹、想夜歌を思い、歯ぎしりする。

朝から大粒の雨が降っていて、いまだに止む気配はない。

教室の窓から外を見ると、どんよりとした灰色の雲が見渡す限り続いていた。

「まあ、愛には障害がつきものだからな！　こんなもので俺の想夜歌への愛を止められると思うなよ！」

たとえ竜巻が襲ってこようと、俺は必ず想夜歌を迎えにいくぞ。雷でも天変地異でもどんとこい。いや、想夜歌が危ないからやっぱりなしで。

周りから「また響汰（きょうた）が独りごと言ってる……」などと聞こえるが無視だ。

下駄箱で靴を履き替え、雑に押し込まれた傘立てから自分のビニール傘を探し出す。想夜歌とお揃いの黄色いマスキングテープが目印だ。傘を開き、校舎を出た。

普段ならここから駐輪場に向かい、チャイルドシート付きのママチャリに颯爽とまたがるところだ。でも今日はバスで登校してきたので、歩いてバス停まで向かう。

バスのルートまで考えてこの高校を選んだから、幼稚園まではバス一本で行ける。自転車よりは少し遅れてしまうものの、それほど時間は掛からない。

「おっ、ナイスタイミング」

ちょうどバスが到着したところだったので、そのまま乗り込んだ。

奥のほうまで進み、二人席の窓側に腰かける。傘で服が濡れないように気を付けながら、背もたれに身体を預けた。

同じバスで帰る生徒もそれなりにいるはずだけど、早めに来たからか席は空いている。

想夜歌を思うと勝手に早足になってしまうな！

窓の水滴を眺めて出発を待っていると、不機嫌そうな声が聞こえてきた。

「……なんでいるのよ」

視線を向けると、通路に立つ少女と目が合った。

暁山澄。俺のクラスメイトであり、ママ友でもある人物だ。

薄暗い車内でも、彼女の美しさは揺らがない。長く伸びた艶やかな黒髪が、より一層存在感を主張している。

彼女の弟は郁（いく）といい、想夜歌（そよか）と同じ幼稚園に通っている。組も同じだから、下の子同士の仲が良い。

二人のために、兄と姉である俺たちもママ友として協力し合っている。境遇が似ているから、お互いに助け合える部分も多い。

「なんでって、クラスも目的地も同じだからなぁ」

いつもだって、自転車でお迎えに向かう道中で会うし……。

暁山（あきやま）は少し雨に濡（ぬ）れたのか、髪が頬（ほお）に張り付いている。前髪も濡れていて、キラキラと輝いているようにも見えた。

大方、俺と同じように急いで来たのだろう。風も強かったし、多少濡れるのは仕方がない。

「響汰（きょうた）のことだから、雨の日でも自転車で登校したのかと思ったわ」

「え、どんなイメージ？　そんなことしたら想夜歌が濡れるだろ」

「それはダメね……。チャイルドシートにカバーを掛ければ、濡れるのは響汰だけで済むわよ」

「そんなに俺のこと濡らしたいの？」

相変わらず口を開けば憎まれ口を叩（たた）くけれど、出会ったころより物腰は柔らかくなった気がする。つまり、このいじりも親しみの証（あかし）？　いや、これは前からこんなんだったな……。

「まあ、突っ立ってないで座れよ」

棒立ちの暁山に促す。

彼女はバスの車内にさっと目を走らせたあと、他に空きがなかったのか思いっきり嫌そうな顔をした。そして、やや躊躇(ためら)いながら俺の隣に腰かけた。

肩が少しぶつかる。暁山は横目で俺を見て、嘆息しながら通路側のひじ掛けで頬杖(ほおづえ)をついた。

避けられているみたいで少しショックだ。

「もう学校じゃないから」

「わざわざ言い訳しないと俺と関わることすらできないと」

「学校では話さない約束じゃない」

「はいはい」

相変わらずの態度だ。

見たところ車内にクラスメイトはいないけど、同じ制服の者はちらほらといる。だが、暁山的には学校内じゃなければセーフらしい。

暁山はつんとそっぽを向いて、腕を組んだ。

まあ、これでも大分仲良くなったほうだ。突然フレンドリーになられても困惑するので、このくらいがちょうどいい。

友達じゃなくてママ友。それが俺たちの関係なのだから。

……会話がなくて気まずいので、スマホでも見ていようかな！

写真フォルダには想夜歌の笑顔がたくさん収まっているので、暇潰しには事欠かない。いやむしろ、暇じゃなくても見る。そのために時間を作っていると言ってもいい。

「想夜歌が可愛すぎる……」

「傍から見たら完全に変質者ね」

隣から軽蔑したような冷たい目で見られた。

馬鹿な、微笑ましい兄の姿だったはずなのに。

「顔がいやらしすぎるわ。てっきり盗撮でもされたのかと思うほどに」

「誰が暁山の写真なんか撮るかよ。想夜歌のために一ビットすら無駄にできねえ」

「良かったわ。さっきみたいな顔で見られているのかと思うと、寒気がするもの」

「そんなにキモイ顔だった!? 慈愛に満ち溢れた表情だったと思うんだけど?」

想夜歌を見ると、自然に頬が緩むんだよな……。天使だから仕方ない。

バスの席は狭くて、暁山との距離が近い。彼女は細いから比較的余裕があるとはいえ、やはり窮屈だ。

まあ、他人と相席しないといけないこともよくあるから、相手が知り合いなだけ良かったと思うべきか。それに、クラスで一、二を争うほど可愛らしい女子ともなれば、その気がなくても気分がいい。

学校から家が遠い奴だと、毎朝バスや電車に乗っているんだよな……。朝だと混むし、大変そうだ。自転車通学で良かった。

　定刻になり、バスが発車する。

　黙っているのも気まずいので、適当に話題を切り出す。

「そろそろ幼稚園の親子遠足だな」

「ええ。楽しみだわ」

「当日は気合いれてお弁当を作らないとな！　想夜歌が喜ぶようなメニューを考えておかないと！」

　遠足のメインはお弁当の時間だと言っても過言ではない。おせち料理ばりの重箱を用意すべきか？

「うちの母も張り切っていたわね……。遠足に行けない分、お弁当を頑張ろうって」

　俺の様子を見て、暁山が苦笑する。

「お菓子はどうするの？　用意するように案内に書かれていたけれど」

「さすがに市販品だな。子ども同士のお菓子交換とかもあるだろうから、個包装でいっぱい入っているものを選ぶつもりだ。なるべく色んな種類が入っているやつ」

「なるほど……。いいわね、うちもそうするわ」

　クラスメイトとの会話というより、完全に親同士の会話である。

　まあ、俺たちの会話なんて九割が弟妹についてだ。今はこの関係が心地いい。

「ん、そういえば遠足は金曜日だけど、暁山（あきやま）のとこはどうすんだ？」

「母が仕事を休むわけにはいかないから、私が行く予定よ」

共働きの世帯も増えてきたとはいえ、幼稚園の行事はやはり平日が多い。

先生の勤務時間の問題もあるから、平日になるのも納得だ。代休で平日が休みになると子どもは家にいるわけで、そうなると困るご家庭もありそうだし。

「へえ、意外だな。優等生の暁山が私用で休むなんて」

「あら、優等生だから、先生も二つ返事で認めてくれたのよ？　一日休んだくらいで点数は落とさないし、予（あらかじ）め課題も終わらせておいたもの」

「さすが学年一位」

「こういう時のためにいい成績を取っているという側面もあるわね」

学校と子育てを両立しながら学年一位をキープし続ける秀才は、涼しい顔でそう言った。

「響汰（きょうた）とは日ごろの行いが違うのよ」

「俺はもちろん、堂々と休むぞ！　想夜歌（そよか）と学校じゃ優先順位が違いすぎる！　ちなみに、優先順位は上から想夜歌、想夜歌、想夜歌、想夜歌だ」

「全部同じじゃない……」

「想夜歌より優先することなんてある？　ないよな」

「自己完結しないでちょうだい。……私も、郁（いく）が一番だけれど」

お互い、聞くまでもないことだ。

晩山も俺と同じように、弟の郁が最優先だ。だが、同時に姉として相応しい自分、という部分にも拘りを持っている。

そのせいでトラブルが起きたこともあり、前よりは肩の力を抜いているようだけど。

「まあ俺も、一日休んだくらいじゃテストの点数は変わらないからな」

「これ以上落としようがないだけよね。一緒にしないで」

「バレた？」

晩山は呆れたように目を細めたあと、少しだけ口元を緩めた。

「また勉強を教えてあげるわ」

「まじ？　助かります先生！　でも、自分から提案してくるなんて、どういう風の吹き回しだ？　てっきり、もっと重たい対価を要求されるかと思ったけど。靴舐めろ、とか」

「……やっぱりやめようかしら」

「ごめんなさい」

素直に謝る。

赤点を取って補習になったら、想夜歌と一緒にいる時間が減っちゃうからな！

前回のテストも、晩山がいなかったらどうなっていたことか……。

「冗談よ。それに、私も教えてもらいたいことがあるし」

「想夜歌の可愛いところか？　わかった。二十四時間ぶっ通しで聞かせてやろう」

「新手の拷問かしら」

丸一日でも足りないくらいなんだが。

暁山は少し気まずそうに目を泳がせながら、口を開いた。

「玉子焼きの作り方を教えてほしいの」

「ん？　いいけど、どうして？」

「お弁当といえば玉子焼きでしょう？　ほとんど母が作るのだけれど、一品くらいは私が作りたくて。せっかくの遠足だし」

たしかに、お弁当には必ず入っているイメージがある。ちなみに俺も入れる予定だ。

「そういうことか」

完璧超人にも見える暁山だが、その実、結構なぽんこつだ。特に、料理については壊滅的。郁からの評判も悪い。

だが、それでも努力をやめないのが彼女らしいところだ。

「任せろ。想夜歌も玉子焼きは大好きだからな、作り方はマスターしている。今日は空いてるか？」

「ええ」

「じゃあこの後うちで集まるか」

あまりにも自然に家に誘っているが、何度も来ているのでお互いに気兼ねはない。

暁山はこくりと頷いた。

「ありがとう」

「おう。じゃあ俺のテストは任せたぞ」

「……あくまで勉強を教えるだけで、テストを頑張るのは響汰よ？」

暁山に任せれば余裕だと思ったのに……。

そんなことを話していると、目的地に到着した。

幼稚園近くのバス停で降りて、そのまま二人で歩く。幼稚園の名前を冠したバス停なので、降りてすぐ幼稚園の入口が見える。

下校時間との兼ね合いで延長保育をお願いしているので、他の親御さんの姿はない。

普段はお庭で待っていることが多いのだが、雨なので室内にいるようだ。

「ちょっと響汰。想夜歌ちゃんが郁の手を触っているのだけれど？　べたべたしないでちょうだい」

「おい郁！　想夜歌の柔肌に触れるな！　その手はお前と繋ぐためにあるわけじゃねえ……！」

一緒に折り紙を作って遊んでいるようで、距離が近い。

想夜歌の手は小さくて柔らかくて、触りたくなる気持ちはわかる！　だが、俺以外の男は触っちゃダメだ！

「お兄ちゃんがきた！」

入口で騒いでいると、想夜歌がすぐに気が付いて駆け寄ってきた。

「みて。おりがみ」

「それはまさか、ハートか!? お兄ちゃんへの愛を表現したんだね？」

「さかなっ！」

全然違った。想夜歌が怒ったように訂正してくる。

それにしても、想夜歌は今日も可愛い。学校のせいで八時間くらい会えなかったから、一層可愛く見えるな！ いや、普段から可愛さは極まっているけど、限界突破だ。限界なんてないのかもしれない。

年齢はまだ三歳。無邪気で純粋な、最愛の妹だ。

もちもちの頬に、くりくりの大きな瞳、弾けるような笑顔。まさに奇跡の美少女！

たぶん将来は傾国の美女になると思う。想夜歌を巡って世界が争い合うに違いない。

幼稚園の制服もだいぶ着慣れてきて、すっかり馴染んでいる。室内だからか、帽子はどこかに脱ぎ捨てたようだ。

「こっちはまさか、お兄ちゃんの顔？」

「おにぎり」

「おお、これはお兄ちゃんの足だね」

「ちがうよ！　でんしゃ！」

もっとお兄ちゃんのことを思い出してくれてもいいんだよ？　俺は学校にいる時でも常に想夜歌のことを考えているというのに！

まあ、想夜歌が楽しそうならいいか。床に並べた制作物を、一つ一つ説明してくれる。

「足なんて作るわけないじゃないの……」

「姉ちゃん」

夢中で折り紙を折っていた郁（いく）が、暁山（あきやま）に気が付いて顔を上げる。

「郁、今日は想夜歌ちゃんのお家に行くわよ」

「きょうた兄ちゃんのごはん！」

姉の言葉を聞いて、郁が目を輝かせる。

郁は姉に似て整った顔をしていて、姉と違って素直であどけない可愛らしい子だ。

「ふふ、今回は私が作るのよ」

「ね、姉ちゃんのごはん……？」

今度は顔をひきつらせた。

「なんで私と響汰（きょうた）で反応が違うのかしら」

「日ごろの行いだろ」

郁の胃袋は俺ががっちり摑（つか）んでいるからな！

横から口を挟んだら、思いっきり睨まれた。こいつ、弟のことになるとムキになりすぎだろ。

「……遠足で挽回してみせるわ」

暁山は不服そうに、髪を指先で弄った。料理ができないのは事実なので、反論できないようだ。

先生にお礼を言って、四人で外に出た。

「あめあめ！」

黄色いカッパと長靴姿になった想夜歌が、フードを被って園庭に降りた。

雨の日バージョンの想夜歌も可愛い……。

「みて、みずたまり！」

大きな水たまりを発見し、ぴちゃぴちゃと足踏みしている。元気だな！

大人になると、雨の日なんて憂鬱なだけで良い事なんてない。傘は持たないといけないし、足元は濡れるし、悪いことばかりだ。

でも、想夜歌にとってはいつもとちょっと違う、楽しい一日だ。

「すごい、しゃわーむりょう」

「汚いぞ」

「そぉか、あめすき！」

「純粋で可愛すぎる……っ」

でも濡れたら風邪引くから傘は差そうな！

続いて、郁（いく）も外に出た。園庭は安全なので、俺と暁山は少し後ろで並んで、弟妹を見守る。

「いくも、みずたまりたおす？」

「たおす？」

「なくなるまで、ふむ」

想夜歌はきゃっきゃとはしゃぎながら、水たまりと戦っている。多分どれだけ踏んでもなくならないと思う……。

郁はしっかりと傘を差して、おっかなびっくり水たまりに足を踏み入れた。長靴のおかげで濡れないことに気が付くと、安心したようにほっと息を吐く。

「そよかちゃん、ぬれるよ。かさはいる？」

「あいとー！」

そして、あろうことか想夜歌に傘を差し出した。

想夜歌は笑顔で、郁の持つ傘の下に入り込む。

「ま、まさかそれは相合い傘……!?　ダメだぞ想夜歌！　世の中には入っていい傘とダメな傘があるんだ！」

「わざと傘を差さないことで郁からの提案を誘ったというの……？　なんて恐ろしい子。策士だわ。郁の優しさに付け込んで……」

「郁(いく)め、隙(すき)あらば想夜歌(そよか)に優しくしやがって」

「郁は誰にでも優しいのよ。まったく、モテる男はすぐ勘違いされるから大変ね」

暁山(あきやま)と一緒に唸(うな)る。しかし、二人の純粋な気持ちを邪魔(じゃま)するわけにはいかないので、手は出さない。くっ……これがジレンマか。

「お兄ちゃんとすみちゃん、またへんなことゆってる」

「ね」

想夜歌と郁は一つの傘の下で、顔を見合わせて笑った。

というか郁、傘を想夜歌のほうに傾けすぎて、肩がびっしょりだ。紳士である。

仕方がない、今日のところは許してやるか……。

「想夜歌、そろそろ行くぞ。今日は時間がかかるのが確定しているからな」

「それはどういう意味なのかしら？」

「一回でマスターできるのか？」

「……可能性はゼロではないわね」

「ゼロだよ」

玉子焼きは案外難しいからな。俺も結構練習した。

「みて、そぉかのかさ、かわゆい」

「かわいいね」

「でしょー」

さすがに道路を相合い傘で歩くのは危険なので、想夜歌も傘を差す。お気に入りの、猫の肉球柄だ。

車に気を付けながら帰宅する。

玉子焼きの材料は調味料を除くと卵だけなので、ちょうど家にある。買い出しをする必要はなさそうだな。卵は先日買っておいたはずだ。

「そぉか、きかん」

歴戦の戦士の風格で、想夜歌が我が家の土間に足を踏み入れた。

カッパを脱ぐと、疲れた様子でソファにもたれかかる。

「お勤めご苦労」

「みずたまりにはかてなかった。そぉか、さいきょうじゃなかった……」

「いやいや、水たまりは晴れるとなくなるからな。つまり、太陽のような笑顔を持つ想夜歌には勝てない」

「そぉかのかち?」

「そうだ」

「そぉかはさいきょう」

途端に想夜歌が元気になった。ソファの上に立ち、腰に手を当てる。

というか、水たまりに勝つってなに……？

タオルを取り出して、暁山に渡す。二人で子どもたちを拭いた。

濡れたままだと風邪を引くからな！

テレビをつけると、二人は仲良くテレビの前に座った。

「響汰、やるわよ」

想夜歌と郁が落ち着いたのを見て、暁山がエプロンを着けながら言った。

このエプロンも、すっかり暁山専用になっているな。

週に一度くらいのペースで来ているので、彼女も勝手知ったる様子で準備を進めている。

「玉子焼きは専用のフライパンがあるんだ。別に丸いフライパンでも作れるし味は変わらないけど、形を整えるためにはやっぱりこっちのほうがいい」

暁山がどこまで知っているのかわからないので、一から説明する。

玉子焼きは、焼くだけなら誰にでもできる。分量さえ守れば、あとは火を通すだけだからだ。

だが、そのままではただのオムレツだ。

専用のフライパンは縦長の長方形になっていて、綺麗に巻くことができる。形は大事だからな！

「焼き加減と、巻くのにコツがいるんだ。先に俺がやるから見ていてくれ」

「ええ、わかったわ」

「えらい素直だな」

「私はいつも素直よ」

「素直とは正反対だろ……」

　暁山は殊勝な態度で、俺の説明を聞いている。

　いつだかのカレーの時のようにメモまでは取っていないが、その表情は真剣だ。

「響汰相手にカッコつけても仕方がないのだと学んだの」

「まあ、今さらだからな」

「なにもしなくても響汰よりは私のほうがカッコいいものね」

「いつの間にカッコよさで俺と競ってたの……？」

　たしかに暁山はクールビューティだと校内で話題だけど！

　俺は特にカッコよさは目指していないので、張り合うことはしない。

「響汰にはどんな姿を見られても気にしないことにしたわ」

「子育てなんて、自分の姿は二の次になるよな。まあ、それでいいと思うよ」

「そうね。ダニや蚊の視線なんて気にする必要なんてないし」

「駆除する必要はありそうな例えだな！」

　さすがに虫扱いはショックだ。

　でも、楽しそうに口元を緩める暁山を見ると、怒る気も起きない。

気安くなってくれたようでなによりだ。クールモードの暁山は本当に怖いからな……。

「そんなことより、郁にすごいと思われるほうが優先だわ。最高の玉子焼きを作って、見直してもらわないと」

「今のところ、郁からの評価は最低だからな」

「秘密の特訓よ」

そう言って、郁のほうをちらりと見る。

彼は想夜歌とおままごとをしながら、時折心配そうに姉を気にしていた。相変わらず信頼されてないな……。

「安心しろ、郁。俺が見張っているからな」

聞こえていないと思うけど、小声で言って親指を立てる。それに気づいた郁は、控えめに頷いてくれた。

男同士のアイコンタクトだ。

「郁も私を応援しているみたいね」

「たぶん勘違いだな」

どちらかといえば、余計なことはしないでほしいと思っているに違いない。

最近は二人の母親もそれほど帰りは遅くなく、夕飯は作ってもらえるらしい。遠足の日もお弁当を作れるようなので、暁山がやる必要はない。

とはいえ、せっかくの遠足でなにかしたいという気持ちは大いにわかるので、ママ友として協力してやろう。

「ちなみに、玉子焼きは甘いのとしょっぱいの、どっち派？」

ついに禁断の質問をする。

そう、味付けの派閥である。

唐揚げは塩か醤油か。お好み焼きは広島風か関西風か。芋煮は味噌か醤油か……。たかが味付けと侮るなかれ。古今東西、食の好みは争いを生み出すものなのだ。

この返答次第で、暁山との関係性が変わると言っても過言ではない。

「さあ、答えろ。暁山、お前はどっち側なんだ？」

「い、今までに見た中で最も真剣な顔ね……」

俺が問いかけると、暁山は怯えたように数歩下がった。

「別にどっちでもいいというか、どっちも好きよ」

そして、当たり障りなく答えた。

「お前、まさかの中立気取りか……！　一番ダメなやつだぞ。キノコかタケノコか聞いているのに、板チョコって答えるタイプ!?」

「どっちも美味しいじゃないの……。強いて言うなら目的が違うわね。甘いほうは箸休めに食べて、しょっぱいほうはご飯のおかずにするわ」

「お前、本当にそれでいいのか？　もっと自分の拘りを持て」

「……そういう響汰はどうなのよ」

面倒そうに目を細めて、暁山が尋ねてくる。

俺は卵を一つ持ち、こんこんと軽く作業台に打ち付けた。そして、片手で割りながら答える。

「甘いほうだ。想夜歌が好きだからな」

「拘りはどこへ行ったの？」

「想夜歌が好きなものが俺の好きなものですが？」

暁山は盛大にため息をついた。

「はぁ……。じゃあ、甘いほうにしましょう。郁も好きだし、お弁当といえば甘い玉子焼きよね」

「たしかにそういうイメージはあるな」

協議の結果、玉子焼きは砂糖を入れた甘い味付けにすることが決まった。

白だしなどで作るだし巻も、料亭の味って感じで好きなんだけどな。具材を入れることでアレンジもできるし。え？　拘り？　美味しければなんでもいいんだよ。

「よし卵はこのくらいでいいかな」

とりあえず卵を四つ割り、綺麗に二度濾しした。玉子焼き二つ分だ。

「しっかり濾すのが大切だ。白身と黄身を均一にして、きめ細かい玉子焼きを作ることができる」

晩山にザルとボウルを渡して、やり方を説明する。といっても、ただ濾すだけだ。

「簡単ね」

「難しくはないが、洗い物が増えるからついつい省略したくなるポイントだな。けど、この事前準備が大切なんだ」

濾すと、次は味付けだ。

砂糖、醬油、塩をそれぞれ適量ずつ入れていく。軽くかき混ぜれば、準備完了だ。

「よし、焼くぞ」

玉子焼き用のフライパンを強火にかける。サラダ油を浸したキッチンペーパーで、角までまんべんなく油を引いた。

しっかりとフライパンを熱した後で、卵を流し込む。

「気泡ができたら、菜箸で潰すんだ。すぐに卵が固まってくるから、まだ液体が残った状態で巻き始める」

「もっと焼けてからではダメなの？」

「茶色く焼き色がついちゃうと、切った時の断面が綺麗じゃなくなるからな。真っ黄色な美しい玉子焼きを作りたいだろ？」

焦げとまでは言わないが、焼き目が付くと味も若干変わるからな。それはそれで美味しいけど、やはり見た目の美しさは重要だ。

なにせ、お弁当は食べて終わりではない。わいわい友達と一緒に食べるのなら、他の人に見られる可能性もあるのだ。

想夜歌(そよか)のためにも手は抜けない……！

「一回目が終わったら奥に寄せて、もう一度油を塗って卵を流し込む。くっつくから、油は念入りにな」

この二回目からが難しい。卵が重くなってきて、ひっくり返すのにコツがいるのだ。

「ここで、菜箸(さいばし)に力を入れてはいけない。あくまで添えるだけ……。ひっくり返すのは、フライパンを持つ左手だ。煽(あお)るように、優しく持ち上げる」

焼き色が付かないように注意しながら、どんどん巻いていく。この時、巻いた卵の下にも液体を流し込むのがコツだ。

そして、それが終わると三回目。全体をコーティングするように、巻いていく。ここが最後の見える部分になるから、千切れないように丁寧(ていねい)に包み込む。

「完成だ……！」

巻きすで形を整え、力を抜いた。袖で額の汗を拭(ぬぐ)う。

「手際がいいのね」

「何度も作ったからなぁ。母さんのつまみとしてもたまに出すし。あっちはだし巻だけど」

「そう……。響太からお母様の話が出るのは珍しいわね」

「別に、話すことがないだけだよ。滅多に顔も合わせないし」

母さんの話なんてするつもりはなかったが、たまたま思い出したから口をついてしまった。

「ほら、そんなことはいいから、暁山もやってみろ」

「ええ。一回でマスターしてみせるわ。……スクランブルエッグって美味しいわよね」

「自信ゼロじゃねえか！」

いつも自信満々な暁山が、顔を引きつらせている。なんでもできるように見えて、結構不器用だからな。繊細さが求められる作業は向いていないのだ。

それでも、果敢に挑戦する。

俺の動きを思い出しながら、ゆっくりと卵を巻き始めた。

「最初から綺麗にやろうと思わなくていいから。まずは巻く感覚を覚えるんだ。焼き目も気にしなくていい」

暁山はじっと焼けていく卵を見つめながら、慎重に巻いていく。

しかし、玉子焼きに関してはその慎重さがあだとなる。

なぜなら、時間が経てば経つほど卵が焼けていくからだ。かといって、弱火にすると綺麗に作れない。

時間との勝負でもあるわけだ。

「きょ、きょうたぁ……」

真っ黒になった玉子焼きを前に、暁山が目に涙を浮かべた。

……いつも強気な暁山が泣きそうになっていると、こう、ぐっとくるものがあるな。

まあ、こうなるまで見ていた俺も悪いんだけど。

「最初はそんなもんだ。次は、恐れずどんどん巻いていこう」

卵の残骸は別の皿に避けて、再挑戦を促す。

スクランブルエッグにすらなってないな！

「ギリギリ焦げてはな……くはないけど、食えないほどではないな」

「私が食べるから」

「いいからもう一回やってみろ。砂糖を入れると、だし巻より焦げやすいんだ。素早くな」

ちょうどお腹も空いていたことだし、味わわないように掻きこむ。まあ、お腹は壊さないだろう。卵は卵だし。

俺は想夜歌のために料理する時は拘るが、なんでも美味しく食べられるタイプなので多少焦げていても問題ない。うん、美味しい美味しい。

「わ、わかったわ」

暁山は緊張の面持ちで、再びコンロを点火した。

「手早く丁寧に、な」

「どっちかだけにして」

「手早く丁寧に、そして豪快かつ繊細に」

さらに二項目増やしてあげたら、暁山が青筋を浮かべた。

「からかっているでしょ」

「それは否定しないけど、実は本当のことしか言ってない」

「……もっとわかりやすくお願い」

暁山は菜箸(さいばし)を持ち上げて、フライパンに向き直った。

火加減を確認して、卵を流し込む。

「そうは言っても、これぱっかりは慣れるしかないからな。何度かやって、感覚を摑(つか)むんだ」

「わかったわ」

暁山は俺の言葉に頷(うなず)くと、卵を巻き始めた。そして……。

「お兄ちゃん、おなかすいた」

「ぼくも」

想夜歌と郁(いく)が痺(しび)れを切らしてキッチンにやってきた。

時計を見ると、とっくに夕飯の時間は過ぎていた。

「ああ、今できたよ」

俺は皿に野菜炒めを盛り付けながら、そう答える。

テーブルの上にご飯と野菜炒め、味噌汁……そして、形の歪な玉子焼きが並んだ。

「……私には向いていなかったわ」

ぽつんとキッチンの端に立って、暁山が俯いている。意気消沈しているようだ。いつも自信満々なのに珍しい。

まあ、それも仕方ないか。練習すること一時間弱。五回ほど作っても、習得には至らなかったのだから。そのほとんどは俺が食べたけど！

比較的上手くいったものをテーブルに置いている。

「まあ、初めてにしては上出来だと思うぞ。ほら、最後のは焦げてないし。……ひっくり返すの失敗して、崩れてはいるけど」

「響汰のは本当に綺麗だから言い返せないわね」

「おいおい、いつものキレのある返しはどこへ行った」

まるで俺がイジメているみたいじゃないか。

料理ができないのは元々なのに……。

「ほら、また練習付き合ってやるから。あいつらがお腹空かせてるから早く食べようぜ」

「……そうね」

暁山はようやく顔を上げて、動き出した。

四人でいつもの配置で座り「いただきます」と声を合わせる。

「想夜歌（そよか）、今日は玉子焼きがたくさんあるぞ！」

「たまごすき！　……ぐちゃぐちゃ？」

「やめてあげて!?」

玉子焼きを見た想夜歌が、小首を傾（かし）げた。

子どもの無邪気な感想が暁山に刺さる。

「とりやすい」

想夜歌はスプーンで掬（すく）いながら、そんな感想を残した。

暁山がじっと見つめる前で、ぱくりと口に運ぶ。

「うまうま！」

玉子焼きを呑（の）み込んで、想夜歌が満面の笑みを浮かべた。

「想夜歌、美味（うま）いか？」

「うま、みっつ！　すみちゃんはてんさい？」

びしっと三本の指を立てて、想夜歌が宣言した。

「うまが増えていくシステムだったの？」

「そうだよ。うまみっつだから、うまうまうまってこと！」

俺でも二つしか貰（もら）ったことないのに！

想夜歌は食べ尽くす勢いで玉子焼きを掻きこんでいく。

「ぼくもたべたい！」

横で見ていた郁が、元気よく手をあげた。

「いくにもあげる。おいしーよ」

「ありがとう、そよかちゃん」

危うく、想夜歌に全部食べられるところだったな！　想夜歌は、美味しいものには目がない。

でも、好きなものを分けてあげるなんて……さすが想夜歌、優しすぎる。

二人のやり取りを見て、暁山が焦り始めた。

「い、郁……？　まだそれは練習中なの。郁に食べさせるようなものじゃ……。大丈夫よ、残りは私が食べるわ」

「あげない！」

暁山の作った玉子焼きが郁の口の中に入っていく。

「あ……」

暁山は緊張した面持ちで、それを見届ける。

郁はゆっくりと咀嚼して呑み込んだあと、満面の笑みを浮かべた。

「おいしい！」

郁は暁山を真っすぐ見て、素直にそう言った。言うが早いか、二口目を放り込む。

SAMO

良かった。郁の口にも合ったみたいだな。結構練習したたし、形が崩れているとはいえ焦げてはいない。横で見ている限り、味付けは分量通りだったし、ちゃんとやれば暁山でも美味しく作れるのだ。

「郁……」

暁山は感動したように、唇を震わせる。

「姉ちゃん、すごい！」

「そ、そうよ。お姉ちゃんはすごいの」

そう言っている間にも郁はぱくぱくと食べ進め、皿の上の玉子焼きはすぐになくなった。皿を持ち上げ「もっとたべたい！」とおかわりを欲しがる。

暁山の料理に対する郁の信頼度はゼロに近かったけど、今回は絶賛だ。

「ははっ、良かったな」

「……当たり前よ。私が作ったんだもの。美味しいに決まってるわ」

「言っておくけど、今日が本番じゃないからな？」

「ええ、遠足までには完璧になっているでしょうね」

急に調子を取り戻したな……。

暁山は自慢げに胸を張って、どや顔をしている。郁に褒められたのが相当嬉しかったみたいだ。想夜歌も満足していたしな。

まあ、俺が作ったほうが美味しいけど！　今回だけは暁山に譲ってやろう。

「ありがとう」

暁山が横目でちらりと俺を見て、小声で言ってきた。

「おう。どういたしまして」

「響太を超えるのも時間の問題よ」

「いったいそれまでに何個の卵が犠牲になるのか……」

とはいえ、巻くのさえマスターしてしまえば俺との差なんてすぐになくなると思うけど。

特に競っているわけではないので、暁山ができるようになるのは素直に嬉しい。

これは、親子遠足の楽しみが一つ増えたな。

二章 母。

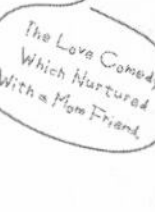

「明日は遠足だぞ想夜歌！」

「えんそく！」

暁山の秘密の特訓から数日が経って、ついに親子遠足の前日の夜になった。

想夜歌が布団に入る前に、改めて持ち物の確認をする。

親子遠足は、その名の通り親子で参加する遠足だ。子ども一人に対して保護者が一人同行して、みんなでレクリエーションや散策を楽しむイベントだな。

行き先は少し離れたところにある自然公園。

別に行こうと思えば想夜歌と二人でも行けるけど、そういうことではないのだ。幼稚園の友達も一緒に行くから、想夜歌が普段幼稚園でどのように過ごしているのかを垣間見ることができる。

普段はお迎えが遅いのもあって、郁と一緒にいるところしか見られないからな……。

それに、幼稚園のイベントに俺も参加する、ということ自体が嬉しい。

「そぉか、たのしみ」

もちろん想夜歌も楽しみにしていて、ずっと前からそわそわしていた。

「お兄ちゃん、おかしもった？」

「もちろん、この前一緒に買いにいったもんな」

「ひゃっこ、だよ！」

「まじ？　そんなにあったら、みんなに配らないとなくならないな」

「みんなにあげます！　お兄ちゃんにもあげる！」

「優しい子すぎる……っ」

やはり想夜歌は天使だ……。想夜歌にお菓子を貰えるなんて、みんな喜んで涙するに違いない。少なくとも俺は泣く。

「だが、勘違いさせないようにな。あくまで義理で渡しているだけだと、念を押す必要がある」

「ぎりぎり？」

想夜歌がきょとんと首を傾げる。

よくわからなかったのか、すぐに興味が移って、お菓子に手を伸ばした。

「あじみします。どくみ、そぉかにまかしぇろ」

「毒見なんて言葉どこで覚えたんだ……。もう夜だからやめとこう？　明日食べられなくなっちゃうぞ」

「それはたいへん！」

想夜歌は手を引っ込めて、お菓子から離れた。

その隙に、お菓子の入ったポリ袋をカバンにしまう。お菓子交換をしやすいように、個包装のお菓子が中心だ。だから一つ二つくらい食べても問題はないのだが、寝る前にお菓子を食べるのは健康に悪い。

「想夜歌、そろそろ寝るか。寝たらすぐに遠足の時間になるぞ！」

「ねる！　お兄ちゃん、はやくねるよ！」

「どっちが先に寝るか競争だな！」

「そぉか、すぐねる」

想夜歌は横になるとすぐにうとうとし始めるからな……。勝ち目はない。羨ましい体質だ。

まあ、そもそも俺はまだ寝ないが。

寝室の照明を常夜灯にして、想夜歌と布団に入る。

「あした、ママいる？」

「……どうだろうな」

「ママもいたら、そぉか、うれしい。でも、お兄ちゃんもうれしい！」

母さんには一度声をかけたが、来る気はなさそうだった。

保護者は一人しか同行できないから、俺からしたら母さんは来ないほうがいい。俺が行きたいからな！

でも、やはり想夜歌は寂しいみたいだ。

「おやしゅみ……」

俺の腕を枕に、想夜歌は早々に眠りについた。

寝顔が可愛（かわい）すぎる……。とりあえず無音カメラで撮影したあと、こっそり布団を抜け出した。

あ、俺のスマホに無音カメラのアプリが入っているのは、想夜歌を撮影するためだから！

決して怪しい使い道ではないぞ！

「さて、さくっと家事を片付けますか」

これが毎日のルーティンだ。学校帰りに想夜歌を迎えに行って、寝かしつけてから家事をする。自由な時間はほとんどないけど、俺にはこの生活が幸せだ。

今日は親子遠足の準備をしないといけないし、明日の朝は早起きしてお弁当を作らないといけない。大忙しだ。寝る前に、お弁当の仕込みもしておこうかな。

「ふははは、想夜歌が喜ぶ顔が目に浮かぶようだ！」

想夜歌が起きていたら「お兄ちゃん、またひとりでしゃべってる」とでも言うだろう。それを想像して、またテンションが上がる。

想夜歌のためなら俺はいくらでも頑張るぞ！

とりあえず、お弁当はおせち料理用の重箱でいい？　誰よりも豪華なお弁当で、他の子たちを圧倒しないとな！

……さすがにそんなに食べきれないので、冗談だけど。

しばらく家事をしていると、玄関から物音が聞こえた。

「あら、響汰じゃない。ただいま」

その声を聞いた瞬間、胸の奥が重くなる。

リビングに入って来た人物を一瞥して、なにも言わずに家事を再開した。

「ちょっとー。お母さんが帰ってきたっていうのに、その態度はないでしょ。響汰」

「……おかえり。別に、普通の態度だろ」

「まったく、可愛くないんだから」

「そう思うなら、少しは母親らしいことをしてくれ」

ああ、この人と会話をすると、どうしてもイラついてしまう。

昏本琴子。……俺の母親だ。

毎日朝早くに家を出て、想夜歌が寝静まった夜遅くに帰って来る。土日も出勤していることが多く、家にいたとしても一日中寝ている。そんな人だ。

帰りの時間は日によってまちまちだが、俺とも顔を合わせずに終わる日のほうが多い。今日は、いつもより少し早いみたいだな。

「ふう、今日も疲れたわねえ」

母さんはスーツのジャケットを脱ぎ捨てて、ソファに沈み込んだ。大きく伸びをする。

家の中じゃだらしない母親だが、職場ではバリバリ仕事するエリートらしい。想夜歌を産んですぐに職場復帰を求められるくらいだからな。

「やっぱり、仕事終わりはこれよね！」

ぷしゅ、と缶ビールが開く音がする。

俺はなるべく気にしないようにしながら、家事を続行する。

個人的な感情として、母さんのことは好きではない。だが、この歳にもなれば折り合いはつけられる。滅多に会わないし、別にわざわざ嫌うほどでもない。

だが、想夜歌に関わることは別だ。まだ三歳の想夜歌を放っておいて、この人はなにをしているのだろうか。

もちろん、仕事は大切だ。そのおかげで生活できているんだし、文句を言える立場ではない。

それにしたって、もう少し、想夜歌のことを気に掛けてもいいと思う。

「……これ食うか？」

ソファ前のローテーブルに小皿を置く。夕飯の時に余った食材で作っておいた、ナスの煮びたしだ。

「あら、気が利くじゃないの。さすが私の息子ね」

調子のいいことを言いながら、母さんは箸を手に取った。

「別に、余っていただけだよ」

GAGAGA
PREMIU

「そう？　うん、美味しい。高校生なのにつまみ作るのが上手いって……陰でこっそりお酒飲んでたりしない？」

「酒なんて飲まねえよ……。そんな不味そうなもの」

「あんたも大人になったらわかるわよ」

母さんはそんなことを言いながら、ビールを大きく呷った。

わかりたくない。酒の美味しさも、子どもを放置して仕事に明け暮れる気持ちも。

「最近、想夜歌はどう？　幼稚園には元気で通ってる？」

「……自分で聞けばいいだろ」

「全然会えないから響汰に聞いているんじゃない」

「会おうとしないのはどっちだ……ッ」

思わず怒鳴りそうになって、慌てて声を引き絞る。想夜歌が寝ているんだ。リビングで騒ぐわけにはいかない。

それに、今さら母さんと言い合いをしても仕方がない。この話は今までに何度もしている。

それでも、この人は変わろうとしない。

母さんはどういう表情なのか、目を細めて少しだけ微笑んだ。

「想夜歌だって、私と会いたくないでしょ」

「そんなことない」

「親なんて、顔を合わせないくらいがちょうどいいのよ。私が外で稼いでくるから、二人で好きに暮らしなさい。お金のことは気にしなくていいから」

想夜歌は母さんに会いたいと思っている。だが、それを母さんの前では見せない。いつも気丈に、明るく振舞っている。

本当は寂しいのに。

俺は母親ではないから、その気持ちを埋めてあげることはできない。だからこうして頼んでいるけど、母さんはどこ吹く風だ。

「響汰、ビール二本目お願い」

「……はいよ」

冷蔵庫から取り出して、缶ビールを取り出す。

「まあ、想夜歌が元気なら良かったわよ」

「興味なんてないくせに」

「なによ、これでも心配しているのよー？」

「心配？　はっ、どの口が」

「これでも母親だからね。想夜歌のことも、響汰のことだって心配しているわよ」

「……口だけじゃなく、行動で示してくれ。思い出したように、母親面するなよ」

この人はいつもそうだ。

俺たちに興味はないのに、気が向いた時だけ母親っぽいことを言う。今だって、酒を飲んで気分がよくなったから言ってみただけに違いない。

「やだやだ、ずいぶんと口が悪い子に育ったわねぇ」

俺は本気で言っているのに、母さんには暖簾(のれん)に腕押し。まともに取り合おうとしない。ダメだな。この人と一緒にいるだけで、むかむかする。

「響汰は最近どうなの？　学校楽しい？」

「普通だよ」

「彼女とか作らないの？　あ、そういえば最近、この家に女の子連れてきてるでしょ。よくオシャレなお土産が置いてあるもんね。どう見ても響汰のセンスじゃないし……もしかしてもう付き合ってたり？」

「……ただのママ友だよ」

「あら、ママ友付き合いとか、私には絶対無理だわ。ていうか、人妻はやめておきなさいよ」

残念そうに、母さんが肩を竦(すく)める。

暁山(あきやま)がたまに持ってくる、というか暁山が母親に持たされてくるお菓子を見て、勘づいたらしい。別に隠しているわけではないからいいのだが。

わざわざ誤解を解く必要もないので、適当に流す。

母さんが三本目のビールを開けた。

「飲みすぎだろ。先に風呂入ったら?」

「普段はそうしてるわよー?　酔った状態でシャワー浴びるのは危ないしね」

「じゃあなんで」

缶を大きく傾けて、ぐびぐびと喉を鳴らす。くぅーっと噛みしめるように味わってから、ほんのりと赤い顔を俺に向けた。

「アルコールもなしに、息子と話せるわけないじゃない」

「……なに言ってんだ?」

「あんたにはわからないわよー」

ひらひらと手を振って、またビールを口に含んだ。

この人はそればっかりだ。わかり合おうとしないのは、自分なのに。

わからない。ああ、わからないよ。母さんがなにを考えているのかなんて。

想夜歌を放置する理由なんて、まったくわからない。

「ん~、でも、さすがにそろそろシャワーを浴びようかしらねぇ」

母さんはふらふらと立ち上がって、よろめきながら浴室に向かう。

俺はその背中にそっと声を掛ける。

「そういえば、明日だけど」

「明日?　なにかあった?」

「言ってあっただろ。想夜歌の親子遠足だよ」

母さんは壁に手をついて、振り返った。

「ああ、仕事」

当たり前のようにそれだけ言って、脱衣所に入っていった。

俺はテーブルの上に残された空き缶を両手で持って、くしゃっと潰(つぶ)した。

三章　妹と遠足。

The Love Comedy Which Nurtured With a Mom Friend

「お兄ちゃん、あさだよ！」

リビングで持ち物の確認をしていると、想夜歌（そよか）が元気に起きてきた。今日は寝起きがいいな！

「想夜歌、外を見てみろ。快晴だ」

「おお〜」

「きっと想夜歌の笑顔のおかげだな！」

梅雨時期で心配されていた天気も、これなら問題なさそうだ。

まあ、想夜歌が遠足に行くっていうのに雨なんて降るわけないよな！　世界が想夜歌の味方をしているぜ……。

「ん、なんだこれ……」

遠足に持っていくカバンの上に、見覚えのないビニール袋が置いてあることに気が付いた。中を覗（のぞ）いてみると、コンビニで売っているようなビーフジャーキーが入っていた。

「ビーフジャーキー？　想夜歌が置いたのか？」

「じゃーき？　そぉか、しらない」

「まあ、そうだよな……」

たしかにビーフジャーキーは美味しいけど、お菓子というよりつまみだ。それこそ、母さんがよく食べている。

「持っていくか？　あんまり遠足に持っていくものじゃないと思うけど」

「もってく」

「おっけー」

想夜歌が即答したので、カバンの中に突っ込んだ。想夜歌も、母さんが置いたものだって察したのかな。

袋に入っていたところを見るに、昨晩か今朝にでも買ってきたのだろう。なんの気まぐれなんだか。もっと遠足らしいチョイスをしてくれればいいものを。

想夜歌の顔を洗って、歯を磨く。軽く朝食を済ませてから、幼稚園の制服に着替えた。

「よし、そろそろ出るか！」

いつもなら俺も制服を着るところだが、今日は私服だ。金曜日に学校休んで想夜歌と遠足とか、最高すぎない？　毎日遠足がいい……。

全員が自転車で行くと駐輪場が足りなくなるので、なるべく徒歩で来るように言われている。想夜歌に歩きやすいスニーカーを履かせ、手を繋いで歩きだした。

「おべんともった？」

「持ったぞ」

「ああ、持っ……ってないよ？　遠足でなにをするつもり？」

「ばくだんは？」

「持った持った」

「おかしは？」


お兄ちゃんが捕まっちゃうよ。

想夜歌が俺の手をぶんぶん振りながら、きゃっきゃと楽しそうに笑う。朝から元気すぎて、途中で眠くならないといいけど。

まあ、はしゃぐのも無理はない。今日は心待ちにしていた親子遠足。普段は幼稚園でしか会えない友達と、外に出かける初めての機会なのだ。

「くっ、想夜歌が遠足に行くなんて大丈夫か？　修学旅行と同じで、ちょっとした非日常で恋に発展するなんてことも……」

「こい……ふりんだ！」

「うん、大丈夫そうだな」

旅行で不倫するのも定番……なのか？

想夜歌の恋愛観はちょっとずれているので、ある意味安心だな！

幼稚園に着くと、すでに多くの親子が集まっていた。

駐車場に大きなバスが二台停車している。ここの幼稚園は敷地が広いので、こういう時も便利だな。

「バスは親子で別々なのか……。なんてことだ、せっかくの遠足なのに、想夜歌と離れ離れにならないといけないなんて……想夜歌も寂しいよな？　待ってろ、今先生にお願いして、俺たちだけ同じバスに……」

「お兄ちゃん、ばいばい！」

想夜歌は少しも惜しまずに、友達の待つバスに入っていった。一回も振り返らずに。

「想夜歌……今日は片時も離れないつもりだったのに……！」

膝(ひざ)をついて、打ちひしがれる。思わず涙が滲(にじ)んだ。ああ、男泣きだ。

「きょうた兄ちゃん、がんばっ」

「郁(いく)、不審者に話しかけるのはやめなさい。危ないわよ」

優しい声と冷たい声が連続で浴びせられた。なにこれ、姉弟でマッチポンプ？

声の主は当然、暁山(あきやま)姉弟だ。

「誰が不審者だ」

「幼稚園に侵入して大声で喚(わめ)く男は、どう解釈しても不審者よ」

「解釈の前に前提条件がおかしくない？」

俺はただの善良なお兄ちゃんだ。

いつまでも悔やんでいても仕方がないので立ち上がる。

「姉ちゃん、またね」

「ええ。気を付けてね。……寂しかったらこっちのバスに来てもいいのよ?」

郁がバスに向かう時には、やはり暁山も名残惜しそうにしていた。

暁山はワイドパンツにデニムジャケットという服装で、キャスケットを被っている。遠足に相応しい、動きやすそうな格好だ。大きめのリュックを背負っているので、両手も空いている。

リュックに視線を向けると、暁山は誇らし気に口角を上げた。

「ちゃんと玉子焼きを作ってきたわ」

「お、上手く作れたか?」

「ふふ、お昼のお楽しみね」

自信ありげなところを見るに、どうやら習得したみたいだな。犠牲になった卵たちを思うと涙が出る。いったいいくつ、黒焦げの玉子焼きが作られたのだろう。

「本当にできたのよ……?」

俺の胡乱げな視線に気が付いたのか、暁山が重ねて言う。

「別に疑ってねえよ。ただ、相当失敗したんだろうなって思ってただけだ」

「……少しだけよ。十回くらいね」

「全然少しじゃねえ」

「私にしては少しよ」

暁山がむっとして言い返す。

「たしかに」

「納得されるのも、なんだか釈然としないわね……」

自己評価が正確なようでなによりだ。

とはいえ、俺も完全に習得するまでに巻いた回数は十回じゃ利かない。それを思えば、親子遠足までに間に合ったのは彼女の努力の賜物だろう。

「よし、じゃあバスに乗るか」

保護者用のバスには、既に多くの親御さんが乗り込んでいた。

そのほとんどは、やはり母親だ。今の時代、共働きの世帯も多いと聞くが、多くは母親が休みを取るみたいだな。

見たところ年齢は幅広い。それでも、割合で言えば二十代くらいの若い奥さんが多いみたいだ。父親もいなくはないが、圧倒的に少数派。

「なにあの子たち……」

「ご両親の代わりに来ているのかしらねぇ」

「親はなにしているのよ」

俺と暁山がバスの階段を上がると、ひそひそと声が聞こえてきた。

俺に続いて入ってきた暁山が、眉をひそめた。

車内から不躾な視線が注がれる。普段はお迎えの時間が遅いから、他の親御さんと会うことは少なかった。だから意識する機会は少なかったけど、やはり俺たちは珍しい存在なのだ。

「暁山」

彼女がなにか言う前に、機先を制する。

「気にするなよ。ほら、ちょっとバスに乗っていればすぐに遠足が始まるぞ」

「……わかってるわよ」

空いている席を見つけて、暁山が腰を下ろした。リュックを膝の上に乗せて、俺をちらりと見た。

わざわざ離れる理由もないので、自然と隣に座る。

「想夜歌と遠足に行くなんてビッグイベント、俺が譲るわけないよな！」

「そうね。母も行きたがっていたけれど、これだけは譲れないわ」

「学校サボって遠足とか最高すぎない？」

「珍しく、響汰に同意するわ。違うのは、私はしっかり課題を終わらせてから来ているという点ね」

幼稚園に関することは、俺と暁山は話が合うからな！　遠足に思いを馳せることで、テンションを上げていく。

両親ではなく高校生の俺たちが親代わりをしているのは、もちろんやむを得ない理由もある。ただそれ以上に、俺たちがやりたくてやっていることなのだ。

あんな言葉、気にする必要はない。

ないんだけど……。周りが母親ばかりの状況を、想夜歌はどう思っているのだろう。

園児を乗せたバスから出発していく。なんとなく目で追っていると、窓側に座る想夜歌の姿が見えた。

「ん!?　待て想夜歌。なんで郁の隣に座っているんだ。離れろ！　そこは俺の席だぞ郁！」

「ちょっと、郁を二人席に座らせるなんて、どうなっているの？　ファーストクラスを用意しなさい」


小一時間バスに揺られると、公園に到着した。

バスから降りて、想夜歌と合流する。

「想夜歌ぁあああ！　会いたかったぞ！」

「おかし！」

「もしかしてお兄ちゃんのこと、お菓子運搬係だと思ってる？」

あと、お菓子の時間はまだ先だ。

「おかしがそぉかをまってる」

「世界中のお菓子は想夜歌のために存在するからな！　お菓子も、想夜歌に食べられるなら本望だろう」

「せかいじゅう！　そぉか、ぜんぶたべます」

「ちなみに、遠足はお菓子食べ放題のイベントではないぞ」

「なんてこった」

想夜歌が愕然とした顔で、俺を見上げる。朝からお弁当とお菓子の話しかしてないな……。食事も、遠足の醍醐味の一つだもんな。家で食べるのとは一味違う。

「皆さん、ついてきてくださーい。まずは広場に向かいます！」

声を張り上げる先生の案内に従って、ぞろぞろと移動する。

「ずいぶんと広い公園だな」

眩しい陽光に目を細めながら、周囲を見渡す。

市が運営する運動公園で駅からも近く、春には多くの花見客で賑わう場所だ。今は青々と茂っているが、葉桜もいいものだな。

外周は散歩コースになっていて、中央には運動もできる広場がある。また、子ども向けの遊具もあって、親子遠足に適したスポットだ。

近所の人なのか、芝生やベンチに座ってゆっくりと過ごしている人も見受けられる。それでも平日の昼間ということもあって、比較的空いているようだった。

「そよかちゃん！　お花きれいだよ！」

「すごい！　かわゆい」

「ねー」

想夜歌は少し前方で、女の子たちとわいわい話しながら歩いている。郁以外の子と話している姿は新鮮だ。

子どもが幼稚園でどのように過ごしているのかを垣間見るのも、親子遠足の醍醐味だ。

「さすが想夜歌！　友達がたくさんいるんだな！　いいぞいいぞ、女友達はいくらでも作れ。男からは離れるんだぞ」

「醜い嫉妬ね……」

想夜歌に聞こえないように念を送っていると、隣に暁山が並んだ。

郁も友達といるようで、手持ち無沙汰なのだろう。

「いく。みろ、えだだ。つよそうだ」

「かっこいい……！」

「いく、もういっぽんみつけた。にとうりゅうだ」

「おお～」

郁のいるグループは、木の枝を拾って遊んでいる。

わかる、わかるぞ。木の枝はカッコイイよな！

「郁は男の子にもモテモテだわ……。ちょっと、郁が優しいからって甘えないで」

「俺より重症では……？」

なんでこいつ、男の子にも嫉妬してんの？

相変わらず郁への愛情が重たい。暁山はスマホを構えて、郁をじっと見つめている。ちょっと怖い。

「はっ、俺も写真を撮らないと。アジサイが想夜歌の可愛さを引き立てている……ッ。ほぼ芸術じゃんこんなの……」

想夜歌がはしゃぎながら、アジサイに顔を近づけた。花を愛でる姿は麗しくて、想夜歌の成長を感じる。

「おいしそう！」

青いアジサイの花を見ながら、目を輝かせた。

……うん、まあそういうところも可愛いよな！　美味しそうにはとても見えないけど！

「想夜歌。花は食べられないぞ」

「えー」

さっきからお腹空きすぎじゃない？　しっかり食パンを食べてから家を出てきたのに……。

大勢の子どもたちがいると、ただ移動するだけでも一苦労だ。今日はそれぞれの保護者がいるからまだいいけど、日ごろの先生たちの苦労を思うと頭が上がらない。

子どもは自由だからなぁ。言った通りにしてくれるわけがないし、少し目を離したらふらふらとどこかへ行ってしまう。

「あり、いっぱい」

想夜歌も、色んなものに興味を惹かれて足を止めてしまう。

「ごはんさがしてる？　そぉかのおかしたべる？」

「想夜歌、置いてかれるぞ」

「あるきたいときに、あるく。それがそぉか」

想夜歌が、腰に手を当てて高らかに言い放った。

いつもならそれでいいけど、遠足だとそういうわけにはいかない。集団行動も、少しずつ学んでいかないとな。

とはいえ、先生方も移動に時間がかかることは織り込み済みだ。

遠足のスケジュールは緩く、時間の融通が利くようになっている。ほとんどが自由時間で、多少ずれても問題ない。

想夜歌は人見知りとは無縁なので、他のお母さんたちにも元気に話しかけている。

見習いたいな……。

「みんなのママ、やさしい」

戻って来た想夜歌はそう言って、俺の手をぎゅっと強く握った。

「お兄ちゃんも優しいぞ！」

「おやこえんそく。そぉかとお兄ちゃん、おやこ？」

寂しそうにぎこちなく笑いながら、想夜歌が上目遣いをした。その瞳は、少し潤んでいる。

「ああ、そうだ」

「お兄ちゃん、そぉかのパパだ！」

「もしかしたらママかもしれないぞ？」

「そうなの？」

「俺はママでもパパでもあるスーパーお兄ちゃんだ！」

無邪気で可愛い想夜歌だけど、たまにこうやって寂しそうにする。その度にこうやって誤魔化すことしかできないが、想夜歌は空気を読んで笑ってくれる。

想夜歌にそんな辛いことをさせてしまうなんて情けない。

どうするのが正解なんだろうか。……簡単には、答えが出そうにない。

「はーい、ここで写真撮影をしまーす」

ぞろぞろと移動し広場に着くと、先生が声を張った。まずは集合写真の撮影があるようだ。

先生たちによって、子どもたちがテキパキと整列させられる。その様はまさに手品のようで、子どもたちからしたら気づいたら並んでいた、という認識だろう。そのくらい迅速だった。

撮影係の先生がカメラを構える隣で、保護者も一斉にシャッターを切る。

「可愛いぞ想夜歌！　この写真が出回ったら、芸能事務所にスカウトされてしまうんじゃないか？」

「郁……すごい存在感ね。輝いているわ」

ふふふ、今日のために、スマホのストレージは空けてきたからな！　何枚でも撮れるぞ。

俺と暁山はいつも通り騒いでいるけど、他のお母さんたちも似たようなはしゃぎっぷりだ。子どもたちは慣れっこなのか、呆れ顔で立ち尽くしている。

「はぁ、ダメね……」

暁山がスマホを見ながら、憂いのある表情でため息をついた。

「どうした？」

「カメラごときでは、郁の愛らしさが一割も収められないわ。科学の限界を感じるわね」

「相変わらずバカな発言だ……と言いたいところだが、完全に同感だ。写真だけじゃなく、この瞳にも焼き付けないとな！　想夜歌のあらゆる姿を、俺は一生忘れないぞ！」

もちろん写真の想夜歌も可愛いが、生の姿には敵わないよな。

写真撮影もそこそこに、想夜歌を見つめることにする。

「次は保護者の方も一緒に撮りますよ～」

先生の案内で、俺たちも子どもたちの後ろに並ぶ。

一気に人数は二倍だ。

大人たちが騒ぐから、大混雑だ。先生たちの指示の声も一段と大きくなる。

あれ、子どもたちより保護者のほうが先生の手間かかってない……？

「はい、ではここから十二時までお散歩の時間です！　スタンプラリーもあるので、良かったら探してみてくださいね！」

その言葉を合図に、三々五々散らばっていく。

多くは、仲の良いママ友同士でグループを作っているようだった。俺と暁山がそうであるように、親同士の交流があれば、子ども同士も自然と仲良くなる。逆もまた然りだ。

想夜歌の友達は大勢いるようだが、あいにく、俺に暁山以外のママ友はいない。

「想夜歌のためにも、交流の輪を広げるべきか……？」

慌てて、辺りをきょろきょろと見る。

くっ、他のママさんたちはどうやって友達を作っているんだ。みんな、俺の知らない間にママ友付き合いが進んでいるらしい。

俺は高校に通っている関係上、ママさんたちとはタイミングが合わないからな……と内心で言い訳をしながら、俺と同じように立ち尽くしている暁山を見る。

「なによ」

「結局この四人なんだなって……」

「し、仕方ないじゃない。それとも、響汰はあの輪の中に入れるの？」

暁山がちらりと一瞥した先には、楽しそうに歓談するマダムたちが。

おかしい、なんで入園してまだ二か月なのに、もうグループが形成されているんだ。

俺たちとは空気が違いすぎて、とても間に割って入る自信はない。

「……まあ、想夜歌と郁が仲良しだからな」

「ええ、一緒に行動させてあげるのが、二人にとって一番よ。遠足だから、友達と一緒でないと」

「ああ、その通りだ。決して、そう、決して奥様方に話しかけるのが怖いわけではないが」

俺と暁山の心が通じ合った瞬間だった。

あー、ざんねんだなー。この機に若ママさんたちと仲良くなりたかったんだけどなー。

「お兄ちゃん、おべんとのじかん？」

「違うぞ。想夜歌、実はな……お弁当はまだ完成してないんだ」

「そうなの……!?」

「ああ。想夜歌が元気いっぱい遊ぶと、最高のお弁当が完成するんだ。空腹は最高のスパイスってやつだな」

「すぱいす……！　そぉか、あそびます」

想夜歌は目を輝かせて、拳を高々と掲げた。たぶん意味わかってない。

「スタンプラリーもあるみたいだぞ」

「すたんぷ？」

「宝探しだ」

「おたから……！　ぜんぶそぉかのものです」

「海賊かなにか？」

基本的に自由時間だが、公園内を回って先生やお手伝いの人が持っているシールを集めるというレクリエーションも用意されている。お手伝いは、上級生の親御さんがやってくれているらしい。ありがたい……。

配られた地図に位置は記載されているため、それとなく誘導しよう。

「しゅっぱつ！」

「ぼくもいく！」

想夜歌と郁は、元気に駆け出した。住宅街ではこんなに広い公園はないからな。スペースを気にせず遊べるのは利点だ。

自然に触れながら、公園を歩いて回る。

「きょうた兄ちゃん」

郁が走って戻り、俺に話しかけた。

「おう、どうした郁」

「えい」

つん、と手に持った枝で、俺の腹を突いてきた。長めの枝だ。郁はそれを肩に担いで、いたずらっぽく笑う。

ちなみに、郁は優しいから、まったく痛くない。

「ぐはっ」

それでも、俺は大げさに腹を押さえて呻いた。

「よくもやったな郁……！　仕返しだ」

「わぁー！」

俺も手ごろな枝を拾って、郁に襲い掛かる。

郁ははしゃぎながら、楽しそうに逃げ出した。

「ふっ、俺はこう見えても、小さいころは枝選びの天才と言われた男だ。まだまだ郁には負けられないな！　見ろ、この理想的な反りを。まるで刀みたいだろ？」

「か、かっこいい！　でもでも、ぼくのも、かっこいいよ」

「ふん、まだまだ……なに？　手元に短い枝があって、柄みたいになってるだと？」

郁と剣……間違えた、枝を見せあって、カッコよさを競う。

そして、人に当たらないように注意しながらぶんぶん振り回した。

「郁、危ないから捨てなさい」

呆れた目で見ていた暁山が、郁に注意した。

頭ごなしに言われて、郁(いく)は不満そうに唇を尖(とが)らせた。

「えー」

「ただの枝じゃないの……。なにが面白いの？」

「えだじゃないよ！　けん！」

「枯れ枝よ」

暁山(あきやま)の冷静なツッコミは、一緒になって楽しんでいた俺の心にもダメージを与える。彼女の言うことは間違っていない。これはどこにでも落ちているような普通の枝だし、ちょっと力を入れたら折れるくらい脆(もろ)いものだ。

それでも、俺は男のプライドのために反論せざるを得ない。

ちっちっと舌を鳴らして、人差し指を立てた。

「わかってないな、暁山」

「……今度はなによ」

「俺たち男の目には、これが剣に見えているんだよ。心の目で見てみろ。鈍色(にびいろ)に輝く刃が見えてこないか？」

「まったく見えないわね」

「なんだと……」

「仮にそうでも、高校生が子どもと同じ目線なのはどうなの……？」

「少年の心を持ち続けているからな」

まったく、男のロマンが理解できないとは。

木の枝……。それは、手に持つだけでなんだか気分が高揚して、万能感を覚える素敵なアイテムだ。極めると、視界に倒すべきモンスターが見えるようになる。

男の子なら、誰でも通る道だ。小学校の修学旅行で木刀を買った黒歴史がある人も多いと思う。俺はもちろん、喜んで買った。今も押し入れの奥のほうに封印されているはずだ。

とりゃー、と郁が枝で挑んでくる。俺もノリノリでそれに応じた。

暁山の白い目が怖いな！

「郁、あの堅物お姉ちゃんを倒そう」

「で、でも、姉ちゃんこわいよ……？」

「怖くない。だって……俺たちには、最強の剣があるだろ？」

「たしかに！」

郁と拳を突き合わせて、同盟を結んだ。

「うちの可愛い郁が誑かされているわね……。汚されてしまうわ。想夜歌ちゃん、お兄ちゃんを倒してきて」

蟻を観察していた想夜歌が、暁山の声に顔を上げる。

「そぉかも、えだつかう？」

「必要ないわ。お兄ちゃんを倒すのなんて簡単よ。いい？　こう言うのよ。その枝カッコ悪い、って」

「わかった！」

「いい子ね」

暁山(あきやま)はしゃがみ込んで、想夜歌(そよか)の頭を撫(な)でた。

郁(いく)が俺と盛り上がっているのが、そんなに気に食わないのか……？

「お兄ちゃん、いく」

想夜歌が無邪気な笑顔で、俺の前に立ちふさがった。

「えだより、そぉかのほうがつよい」

そして、腰に手を当ててそう宣言した。

俺が持っている枝を両手で摑(つか)んで、折ろうとする。しかし、硬くて折れなかったようで、近くの茂みにぽいっと捨てた。

「そぉかのかち！」

暁山に入れ知恵された時はなにを言われるのかと震えたけど、想夜歌は相変わらずだった。

あるいは、気を遣ってくれたのかもしれない。

「たしかに想夜歌のほうが枝より強いな！　さすが想夜歌だ」

「そよかちゃんにはかてない」

「ああ。想夜歌を傷つけることなんて不可能だからな」

郁も負けを認めて、枝を捨てた。

うん、まあ枝なんてちょっと楽しんだらすぐに飽きるものなのだ。

「えへへ、そぉかはさいきょう」

「よくやったわ」

暁山と想夜歌が勝ち誇ったような顔をしている。

なんだかんだ、二人も仲良くなった気がする。いいことだ。

四人で騒ぎながら、しばらく公園を散策する。

特に目的地があるわけではないけど、ただ歩いているだけでも楽しいものだ。お昼までは一時間程度だし、適度に休憩を挟みながら散歩しよう。

「たまにはこうして、のんびりと散歩するのもいいよなー」

「響太(きょうた)、ぼけっとしていないで注意しないとダメ。公園は危険だらけなのよ。あっ、また郁が転びそうに……！」

暁山は常に気を張っているようで、郁の動きに目を走らせている。

相変わらず、責任感が強い。

「郁、水辺には近づいてはダメよ。ロープの向こうもダメ。広いところで遊びましょう？」

「……はーい」

暁山（あきやま）の言葉に、郁（いく）は渋々従う。

俺だって気持ちはわかる。想夜歌（そよか）には少しもケガをしてほしくないし、あらゆるものから守りたい。でもまあ、想夜歌にはのびのび育ってほしいからな！

「まあ、本当に危ない時だけ助けてやればいいかなって」

「またそんなこと言って……。ちょっとしたことが大事故に繋（つな）がるのよ。響汰（きょうた）だって、ニュースで子どもの事故を見たことがあるでしょ？　注意はいくらしても足りないわ。なるべく、危険なことからは遠ざけないと」

たしかに、不注意が招いた子どもの事故は挙げればきりがない。俺も、想夜歌のことでひやっとしたのは一度や二度ではない。

そのせいか、俺が子どものころよりも遊びというものの制限が増えたように感じる。多くの小さな公園ではボール遊びが禁止され、事故が起きた遊具は撤去された。それが、今の風潮なんだと思う。

そしてそれはきっと、正しいことだ。事故が起きる可能性は、なるべく低いほうがいい。

理解しつつも、俺は想夜歌の意志を尊重したいんだ。

「まあそうだけどさ。想夜歌だって、やりたいことがあるだろうし」

「響汰は放任主義なのね」

暁山はそうまとめた。

「ごめんなさい、響汰を否定したいわけじゃないの。……なにが正解かなんて、私にはまったくわからないもの」

「それは俺もそうだよ。要はバランスだと思う。想夜歌には自由に育ってほしいから、俺はなるべく手を出さないようにしてるけどな。困った時に手助けは惜しまないよ」

「私は……もう二度と後悔したくないから。だって、事故はいつどこで起きるのかわからないのよ……？　突然、なんの前ぶれもなく起こることだって……」

暁山の決意の込められた声を聞いて、はっとした。

そうか、暁山の父親はたしか事故で……。そう思うと、暁山の行動も当然だと思えた。

「そう、だな」

ちょっと話題が暗くなってしまったので、会話を打ち切る。

俺たちが話している間にも、想夜歌と郁はどんどん進んでいく。ここらは一本道なので迷うことはないけど、油断するとふらふらとどこかへ行ってしまうので危険だ。暁山の言う通り、気を付けないとな。

まあ、俺は想夜歌を常に見ているから大丈夫だけど！

「せんせい、はっけん！」

想夜歌が立ち止まって、びしっと指差した。

可愛(かわい)いキリンの絵が描かれたプラカードを掲げる先生に、想夜歌が駆け寄っていく。

ここはスタンプラリーのポイントの一つだ。

「おたから、げっとした」

ぱたぱたと走って戻ってきた想夜歌が、首から下げたカードを俺に見せる。そこには、プラカードと同じ、キリンのシールが貼られている。

「おお、良かったな」

「これでそぉか、おかねもち？」

「一個だけじゃお金持ちにはなれないな」

「お兄ちゃん、はやくいくよ！」

一個目を手に入れてモチベーションの上がった想夜歌が、急いで俺の手を引いた。

まあ全部集めてもお金持ちにはなれないけども。

「そよかちゃん、ぼくもてつだう」

「いくにもおかね、はんぶんあげる。いしゃりょーとして」

「ありがとう……？」

スタンプラリーは二人の琴線に触れたみたいだな。さすが、幼稚園のイベントだ。子どものことをよくわかっている。

「効率を求めるなら、手分けして集めるべきかしら？」

「レクリエーションにも真剣!?」

相変わらず暁山の冗談はわかりづらいな！

「冗談よ」

終始真顔のまま、暁山が言った。

全四つのシールを集めたところで、お昼の時間となった。

全て埋まったカードを手に、想夜歌はご満悦だ。

いつの間にか、集めたら願いが叶うタイプのシールになっていたらしい。

まあ、想夜歌の願いだったら俺が全て叶えるけどな！

「これで、おねがいかなう？」

「はーい、それではお昼にしまーす」

先生の合図で、集まっていた親子は各々、レジャーシートを敷き始めた。

仲のいいグループで集まっている人もいれば、親子水入らずで食事をする人もいる。使える範囲は広場の一角だけなので、かなりの混雑だ。特に木陰になるスペースは、熾烈な奪い合いが勃発している。

いくつも島ができていくのを眺めながら、俺も暁山と一緒にシートを広げる。

「おべんと！　うれしい」

「おなかすいたね」

「すいたー」

想夜歌と郁がそわそわしている。

二人からしたら、親子遠足のメインイベントと言っても過言ではない。

想夜歌はレジャーシートにちょこんと正座した。左右にゆらゆら揺れながら、俺の手元を覗き込む。

「ふはは、今日は完璧な弁当を作って来たぞ、想夜歌」

「かんぺき……！　すごい」

普通サイズの弁当箱を三つ、想夜歌の前に並べる。

本当は重箱にしようと思ったけど、どう考えてもそんなにたくさんいらないので、やめておいた。俺も食べる量はさほど多くないし、三歳児と二人だけなら量はいらない。

その代わり、見た目と味には拘った。小さいほうがオシャレにできるしな。

蓋の留め具だけ外して、想夜歌に促す。

「ほい」

「あけてよい？」

「ああ、いいぞ。ひっくり返さないようにな」

「まかしぇろ」

想夜歌がわくわくしながら、弁当箱の蓋に手を掛けた。

「ぱかっ」

口で効果音を出しながら、想夜歌が蓋を開ける。

どんな反応をするか……と楽しみにしていたら、特になにも言わずに蓋を横に置いた。

「え？」

無反応？　さすがにお兄ちゃん泣いちゃうよ？

想夜歌はそのままの手で、徐に二つ目の弁当箱に手を伸ばす。慣れた手つきで蓋を横に置いた。そして最後、余韻もなく三つ目の弁当箱を開いた。

「す」

ついに全貌を晒した弁当を前に、想夜歌が目を見開いた。

「すごい！　かわゆい！　おいしそ！」

立ち上がって、嬉しそうに手を叩いた。

「そ、そうだよな！　美味しそうだよな!?」

「お兄ちゃんてんさい！」

ドキドキしたぁあああ。

あまりにも反応が薄いから、期待外れなのかと思ったよ！　一個一個反応するよりも、先に開けることを優先しただけだったみたいだ。

これでがっかりされたら、しばらく寝込むことになっただろうな……。

「いくみて。そぉかのお兄ちゃんがつくりました」

「きょうた兄ちゃん、すごいね」

「でしょー」

想夜歌がにこにこしながら、郁にも自慢している。

嬉しすぎる……。早起きして頑張った甲斐があった。

「ちなみにな、一個目の弁当はおにぎりだ。海苔を使って、キャラクターの顔やハートを描いている。二つ目はおかずだな。特にアスパラの肉巻きと唐揚げは自信作だぞ。三つ目はフルーツと野菜。ちゃんと栄養バランスも考えて……」

「いただきます！」

俺のプレゼンは聞いてくれなかった。

ま、まあいい。大事なのは味だからな。想夜歌に美味しく食べてもらうのが一番だ。

全て楊枝で食べられるようにしてきたので、レジャーシートの上でも食べやすい。想夜歌は楊枝を一本摘まんで、おかずを口に放り込んだ。

「ん！　うまうま」

想夜歌が唐揚げを口いっぱいに含んで、はしゃいだ。

「美味しいだろ？」

「うん！　うま、よっつ！」

「よっしゃ、最高評価！」

想夜歌から最大級の賛辞を貰(もら)った。いや、最大いくつなのか知らないけど。

「郁、こっちのお弁当もすごいのよ」

「本当に大丈夫か……？」

「失礼ね」

一応心配して声を掛けたら、暁山(あきやま)に睨(にら)まれた。

「作ったのはほとんど母よ」

「郁、よかったな」

それなら安心だ。

苦々しい顔の暁山が開いた弁当箱には、なるほど、美しい料理が並んでいた。明らかに料理ができる人の取り合わせだ。オシャレでありながら、男の子が好きなおかずが敷き詰められている。

「ほほう……鮮やかで色使いが上手(うま)いな……。なるほど、輝き方を見るに、人参(にんじん)のグラッセか？　子どもでも食べやすいし、色もいい……」

「人のお弁当を真面目に分析しないでちょうだい」

「いいだろ、見るくらい」

「ダメよ」

じろじろと見ていたら、暁山(あきやま)に弁当箱を隠された。目で技術を盗もうと思ったのに！

不器用な娘とは違い、母親は料理が得意なようだ。そういえば、一度だけ入った暁山の家も、オシャレな内装だった記憶がある。

美味(おい)しそうな弁当に、郁(いく)のテンションも最高潮だ。

「おお～、いくのおべんともすごい」

「おかあさんのりょうり、おいしいよ」

郁は誇らし気に胸を張った。

弁当のお披露目(ひろめ)も終了したところで、俺と暁山も食事を開始する。

「ん、そういえば、その玉子焼きは暁山が作ったんだよな？」

「……ええ、そうよ」

「へえ」

弁当箱の一角に、四つほど玉子焼きが入っていた。鮮やかな黄色は色合いもよく、弁当によく馴染(なじ)んでいる。

「な、なによその反応」

「いや、綺麗(きれい)にできてるなーと思って」

「……ほんとう？」

暁山が口をきゅっと結んで、不安そうに俺を見た。上目遣いの瞳は、少し潤(うる)んでいる。

「え、俺がそんなお世辞を言うタイプだと思ってるのか？」

「いえ、そうではないけれど……」

「ま、あとは味だな。一個貰ってもいいか？」

そう言って、楊枝を玉子焼きに刺す。

「ちょっ――」

暁山が慌てて止めようとするけど、その時にはもう、玉子焼きは俺の口に入っていた。

「失敗したつもりはないけれど、その、朝は急いでいたというか、油も使いすぎた気がするし、美味しくないかもしれないというか。いえ、味見はしたのよ？　でも、時間が経って冷めているから、硬くなっているかもしれないし……」

「うん、美味い」

味わいながら丁寧に咀嚼して、呑み込む。

暁山はなにやら早口でぶつぶつ言っていたが、普通によくできている。レシピは俺が教えた通りとはいえ、焼き加減で味も変わってくるものだ。食べた感じ、焼き加減もばっちりに思えた。

「やるじゃん。ちゃんと練習したんだな」

「そう？　……じゃなくて、当たり前よ。私にできないことなんてないわ」

「はいはい。でも、マジで美味しいよ」

正直、驚いた。

うちで作り方を教えてから、一週間も経っていない。その間毎日練習したとしても、ここまで上達するのは簡単なことではないだろう。俺だって、当時はもっと日数がかかったと思う。

努力に対する姿勢は、手放しに尊敬できる。

「……ありがとう。嬉しいわ」

ちらりと暁山の顔を覗き込むと、頬がほんのりと赤く染まっている。そっぽを向きながら、前髪をいじった。

いつも料理を馬鹿にされているから、不意に褒められて照れているんだろう。

「うんうん。弟子が成長してくれて俺も嬉しいよ。さて、じゃあ次は他の料理もマスターしないとな」

「待って、それはまだ早いわ」

「早いものか。玉子焼きはあくまでサイドメニューだぞ」

「……響太が次も教えてくれるなら、考えなくもないわね」

「ああ、まあそのくらいなら」

俺も勉強を教えてもらっているわけだし、ギブアンドテイクだ。

玉子焼きは明確に分量が決まっていて、手順も少ない。バタバタすることはなく、ひたすら巻くことに集中できる料理だ。手先の器用さと技術は要求されるが、料理としては単純な部類。

手順が複雑な料理は、様々な技術が必要だからな……。まだまだ、教えることは多そうだ。

「お兄ちゃんとすみちゃん、なかよし」

「姉ちゃんがすなお……めずらしい……」

「たぶんけっこんする。りこんもする」

想夜歌と郁が勝手なことを言っている。

結婚するわけないだろ……。それと、すぐ夫婦を離婚させようとするのはやめなさい。想夜歌のイメージほど、離婚は面白いものではないぞ。

アニメの影響で、離婚は面白いものだと思っている節がある。いや、あのアニメも別に愉快な表現ではないと思うけど……。

「そぉかも、たまごたべたい」

「こうかんしよ？」

「こうかん……！　したい！」

「ぼくは、あすぱらほしい」

「いいよー！」

想夜歌と郁がおかず交換を始めた。

お互いにおかずを渡して、楽しそうに食べている。二人が喜んでいる姿を見れただけで、親子遠足に来た甲斐があったというものだ。

しばらく和気あいあいと食事をした。周囲にもたくさんの親子がいるのだが、案外気にならないものだな。

でも……想夜歌だけはたまに周りを見て、心なしか寂しそうな顔をしていた。俺はそれに気が付いていたけれど、なにも言うことができなかった。

本当は母さんと来たかったのか？　なんて、言ったところでなにも解決しないし、思っても口にしてはいけない。頷かれたって、なにもしてやれないのだから。

「ごちそさま！」

「ごちそうさまでした」

全ての弁当箱が綺麗に空になり、想夜歌と郁が元気に両手を合わせた。

「おかし！」

そのままの流れで、想夜歌がお菓子を要求してくる。両手で受け皿を作って「おねがい？」と可愛く強請った。

あざとい……。さすが想夜歌、お兄ちゃんの扱いを完璧に理解しているッ。

「もちろんあげるぞ！　いっぱいあるからな！」

「やったー！　お兄ちゃん、だいすき」

「大好きいただきましたぁ！」

公衆の面前でイチャイチャしてすまんな、妹がいない皆。俺、妹に愛されまくってるからさ。

「手のひらの上で転がされているわね……」

「想夜歌が可愛すぎるからしょうがない」

ちょろくてもいい。想夜歌になら、いくらでも翻弄されよう。

想夜歌と郁はお菓子袋を持って、レジャーシートの上から降りた。他の子たちもぼちぼちお弁当を食べ終えたころのようだ。子どもたちで集まって、お菓子パーティーを始めた。

交換しやすいように個包装のものをメインに選んだので、想夜歌はお菓子商人として人気者になるに違いない……。いや、そんなことしなくてもすでに大人気だろうけど！

「こっちは片付けでもしとくか」

弁当箱をまとめて、リュックに入れる。

親子遠足は、お昼を食べたらあとはバスで幼稚園に戻るだけだ。

食べるのが遅い子もいるから、お昼は少し長めに設定されている。帰りの時間までは自由時間だ。

母さんが入れたビーフジャーキーを齧りながら、楽しそうにお菓子交換をする想夜歌を眺めて過ごした。

想夜歌に友達がたくさんいて、お兄ちゃんは嬉しいよ……。

そのあとは、行きと同じようにバスに乗り、幼稚園で解散となった。

四章　妹の服選び。

The Love Comedy Which Nurtured With a Mom Friend

「お、響汰（きょうた）だ。おはよ。学校サボってデートは楽しかった？」

週明け。

登校して教室に入ると、友人の雨夜瑞貴（あまやみずき）が話しかけてきた。

瑞貴はニヤニヤしながら、俺の肩を小突いた。初夏の朝練終わりとは思えないほど、爽（さわ）やかな香りがした。

イケメンは匂（にお）いまでイケメンなの？

俺なんて、いつ想夜歌（そよか）に臭（くさ）いって言われるのかと、戦々恐々としているというのに……。世の中のお父さんは娘が成長するにつれ距離を取られるらしいからな。想夜歌に避けられたら、俺はもう生きてはいけない……。

うっかり悲しい想像をしてしまったので、瑞貴に八つ当たりをする。

「運動部男子ならもっと汗臭くあれ。爽やかすぎるだろ」

「臭くないのに文句言われるとは思わなかったよ。一応、匂いには気を遣っているからね」

「気を遣ったってな、無理な人は無理なんだよ……」

いや、俺は別に臭くないけどね？　本当に。

その証拠に、想夜歌もべったりくっついてくれるし。まだ大丈夫のはずだ。

「ていうか、デートの件については否定しないんだ？」

「親子遠足だ」

「うん、まあ知ってたけど。一週間前くらいから、毎日のように自慢されてたしね。でもさ、暁山ちゃんも休んだってことは一緒だったんでしょ？」

「おう、暁山もいたぞ」

「やっぱりデートじゃん」

愉快そうに、瑞貴がそう断定した。

暁山だけでなく、想夜歌と郁はもちろん、他の親子もたくさんいたからなぁ。いわゆる普通のデートをしたことがないから判断がつかないけど、デートではないと思う。

少なくとも、俺と暁山にそのような意識はない。

保護者としての一般的な活動だ。幼稚園行事だし。

「強いて言えば、想夜歌とデートだったな！　想夜歌ったら、朝からめちゃくちゃ機嫌よくてな、ずっと俺の弁当を楽しみにしてたんだ。遠足ではもうはしゃぎまくって……」

暁山のことはどうでもいいんだ。親子遠足の主役は想夜歌だからな。

待ってました、とばかりに、親子遠足の思い出を語る。

「また始まった」

瑞貴は苦笑しながら肩を竦めた。

「想夜歌が可愛すぎるから仕方ない……」

口を開くと、なぜか無意識に想夜歌のことを話してしまうんだ。

「まあ、可愛いのは認めるけどさ」

「は？　人の妹に可愛いとか言わないでくれないか？」

「……想夜歌ちゃんって可愛くないよね」

「可愛いだろふざけんな」

「ザ、理不尽って感じだね」

瑞貴に可愛いと言われるのはムカつくけど、可愛くないって言われるのはもっとムカつく。

「私も遠足好きだったな～」

俺と瑞貴の会話に入ってきたのは、柊ひかるだ。ノートをパタパタと扇いで、顔に風を送っている。

柊はクラスのアイドル的な存在で、明るく誰とでも楽しく話せるコミュ力おばけだ。

めちゃくちゃモテるのでよく告白されているけど、柊は瑞貴を狙っているみたいなので男たちの屍が積み上がっていくばかりである。

「たしかに、ひかるはアクティブだもんね」

「そうそう、できれば色んなところを回りたいから、いっつも帰りの時間ギリギリで」

こいつ、隙あらば瑞貴に近づいてくるな……？

柊は俺のほうをちらりと見て、一瞬だけウインクをした。

これは俺にアピールしているわけではなく、瑞貴と話すのに協力しろ、ということなんだろうな……。

さらっとこういう仕草ができるところが、人気の理由か。というか、わかっていても少しときめいちゃうからやめてほしい。

「ていうか、あっつくない？　夏服も全然涼しくないし」

柊を始め、ほとんどのクラスメイトは半袖のブラウス、ワイシャツへと装いを変えていた。

しかし柊は、腰に薄手のカーディガンを巻いている。

「なら、そのカーディガンいらなくないか？」

つい口に出すと、柊から軽蔑するような目で見られた。

「くれもっちゃん、女の子のオシャレに文句言っちゃダメだよ」

「はぁ……」

「それに、半袖で外歩いたら日焼けしちゃうじゃん」

「なるほど、それは俺でも理解できるぞ。想夜歌にも、日焼け止めは大量に使っている」

「うんうん、大事だよ」

「もちろん想夜歌は日焼けしても可愛いに違いないが、焼けすぎると健康にも悪いからな。想夜歌のもちもちで潤いのある肌を保つためにも、少し値は張るが良いものを惜しげなく使ってるんだ。もちろん日焼け止めだけではなく、夜には……」

「あ、そうだ瑞貴（みずき）。今日の部活だけどさ、先生来れないって」

「あれ？　俺、今だれと話してたんだっけ？」

華麗にスルーされた。

女の子の美容トークで盛り上がっていると思っていたのは俺だけだったらしい。

「や、ごめん。なんか圧がすごくて……」

柊（ひいらぎ）が舌をちろっと出して、フランクに謝る。すぐさま、瑞貴との部活トークに戻っていった。

瑞貴と柊はともにテニス部に所属しているから、話題は尽きない。帰宅部の俺にはわからない話ばかりなので、口を挟まずに聞いておく。

「あ、澄（すみ）だ！　やっほー」

柊の声で、クラス中の視線が教室の入口へと向かう。

暁山（あきやま）だ。相変わらず、学校では無表情だな……。

しかしこれでも柔らかくなったほうだ。その証拠に、手を振る柊に控えめに振り返している。

「おはよう、ひかる」

「おっはよー」

柊が暁山に抱きついて、笑顔を向ける。

暁山(あきやま)は戸惑いながらも、口元をわずかに緩めた。

美少女二人がいちゃいちゃしている……。なかなか良い光景だな。心が洗われるようだ。

先月なんかは、むしろ険悪な関係だったのにな。

でも暁山が心を開いたことで、ひかるとは和解したのだ。今では、こうしてかなり仲良くなっている。

まあ柊(ひいらぎ)は瑞貴(みずき)に近づくための打算も入っているんだろうけど。瑞貴は物珍しさから、暁山を気に入っているようだし。

「なに見てるのよ」

「くれもっちゃん……ついに女子高生にも目覚めた？」

眼福眼福……などと思いながら二人のいちゃつきを眺めていると、暁山に睨(にら)まれた。

柊が、暁山を守るように背中で隠す。まるでボディガードだ。

ていうか、女子高生にもってなんだ。まるで、それ以外に目覚めていたみたいな言い方だ。

これでも、普通に同年代が好きなんだけど……。

二人に軽蔑(けいべつ)したような目で見られたので、弁解する。

「……いや、この季節に暑苦しいことしてるなぁと」

「うわぁ、ひどい。くれもっちゃんには言われたくないんですけどー」

「俺ってそんなに暑苦しいと思われてたの？」

「ある意味ね！」

馬鹿な……俺ほどクールな男はいないのに。

まあ、想夜歌が絡む時は情熱的になるから、間違ってはいないな！

「あはは、すっかり仲良くなったね。三人とも」

「暁山と柊はともかく、俺は別に」

「俺には仲良しに見えるよ。すっかり友達だ」

「……なんか他人事だな」

「そう？」

瑞貴は頰杖をついて、にこにこと笑っている。

こいつはみんなと仲いいからな。今さら、友達みたいな感覚は薄いのかもしれない。

それで言うと、柊も誰とでも仲のいいタイプだ。男女問わず、柊は自然と会話できる。

「わかる、私たち四人、なんかいい感じだよね」

さりげなく瑞貴を人数に含めながら、肯定する。

俺と暁山は顔を見合わせて、曖昧に頷く。学校では話さない、なんて約束はもう意味がなさそうだった。

「そういえば、澄も遠足だったんでしょ？　どうだった？」

「楽しかったわよ。友達と一緒にいる時の郁は、家よりも子どもっぽかったわね」

「へえ～。私たちの前だと大人しくていい子って感じだけど、案外子どもっぽいんだね。まあ、まだ三歳だから当たり前か」

瑞貴(みずき)と柊(ひいらぎ)には、郁(いく)のことを伝えてある。というより、俺が勝手に引きあわせたんだけど。

「俺たちがいると緊張しちゃうんじゃない？」

「あ、それあるかも。郁くんからしたら、あんまり知らない大人だもんね。逆に、想夜歌(そよか)ちゃんはまったく人見知りしないよね」

「どっちも可愛(かわい)いよね」

瑞貴も柊も、想夜歌や郁に理解を示してくれる。

想夜歌ほどじゃないけど、郁も可愛いからな！　一回会えば、誰だって好きになるだろう。

結果的に、郁に危害が及ぶかもしれないという暁山(あきやま)の心配は解消されたと言っていい。柊の協力を取り付けた時点で、学校で隠し通す理由はなくなった。

前に暁山に突っかかっていた女子グループも、柊が近くにいるからか、関わってこない。

とはいえ、まだ大っぴらに話すつもりは暁山にはないようだ。今まで誰とも話さずに過ごしてきたので、突然方向転換するのも難しいんだろう。

……って、なんで俺は暁山のことをこんなに気にしているんだ。

これはあれだな。暁山がポンコツすぎるから、一種の親心が芽生えているらしい。またなにか問題を起こすんじゃないかと、放っておけない。

「私、郁くんともっと仲良くなりたいなぁ」

ちらっと瑞貴を見ながら、柊が言った。

「……ひかるの頼みでも、郁はあげないわよ」

「お姉ちゃんNG出ちゃった？　でも、小さいころの初恋が大人のお姉さんって人も多いもんね」

「へえ？　そう、ひかるは私の敵に回るのね」

「こわっ」

暁山が片眉を上げて、柊を睨む。

もちろんお互いに冗談だ。柊がおどけると、すぐに空気が弛緩した。

「妙だな……。俺が郁に近づくと、もっと本気で殺気を向けてくるのに」

「響汰の場合、冗談じゃない可能性があるもの」

「あるわけねえだろ……。まあ、郁は俺に懐いているみたいだけどな〜。遠足でも、俺のほうに来てたし」

「……許さない」

ホラー映画さながらのセリフを吐きながら、暁山が俺に一歩近づく。こ、殺される……。

実際、俺も郁とはだいぶ仲良くなった。男同士、わかり合えることも多いしな。

「ふふっ。でもいいなぁ。私も学校お休みして、一緒に遠足行きたかった。幼稚園児と遠足なんて最高じゃん？」

「意外だな、子ども好きだったのか」

「子どもが好きな私が好き」

柊は顎に手を当てて、キメ顔で言った。悔しいが、可愛い。いくらあざとくても、可愛いものは可愛いんだよな……。想夜歌の可愛さは天然ものだけどな！

「ぶっちゃけすぎだろ……」

「うそうそ、子どもは普通に好きだよ。可愛いし」

そう言いながら、今度は自然に微笑む。

「ああ。特に想夜歌は最高峰だ」

「ええ。郁のほうが上だけれどね」

「想夜歌より上なんているわけないだろ」

俺と暁山が言い合いをすると、また柊が「ふふふっ」と高い声で笑った。そのままの流れで、両手をぱん、と合わせた。

「あ、そうだ」

暁山、瑞貴、俺の順番に視線を向けてから、口を開く。

「みんなで遊びに行こうよ。この四人と、想夜歌ちゃんと郁くんで！」

最初からそれが目的で会話運んでただろ……という言葉は、柊に本気で怒られそうなので呑み込んだ。

週末。俺たちは近場のショッピングモールに集合することとなった。

集合場所は巨大なパイプオルガンがある広場だ。孔雀の翼のようになっている白と青の模様が美しく、否応なく目を引く。

特段買い物が好きというわけでもないので、俺にとっては映画を見る時くらいしか訪れない場所だ。しかし二百以上の店舗が集まっていて、聞くところによると神奈川県でも最大規模らしい。ファッションやインテリア、生活雑貨の店が特に多い。あとは映画館とレストランだな。

集合場所に近づくと、すでに瑞貴と柊が来ていた。

「みじゅきだ！」

瑞貴の顔を見た瞬間、俺の手を振り解いて想夜歌がダッシュした。膝をついた瑞貴の胸に、そのまま飛び込む。

「どーん」

「こんにちは、想夜歌ちゃん。そのワンピース可愛いね」

「あいとー！」

テニス部は隔週日曜日が休みになるらしく、それに合わせて今日に集まることにしたのだ。

学校では会っていたけど、瑞貴や柊と外で会うのは暁山の件以来だ。

瑞貴は白Tシャツ一枚だけというシンプルな格好だけど、様になっている。

「想夜歌ちゃん、私のことは覚えてる？」

瑞貴の横にしゃがみ込んで、柊が尋ねた。

柊はホットパンツにTシャツ、頭にはキャップという装いで、明るく元気な印象を受ける。狙いすぎず、ラフだけど女の子らしい格好だ。ところで、学校で言っていた日焼け対策はどこへ行ったのだろうか。当たり前のように露出が多い。

「ひーちゃん」

「正解！　え、やば。めっちゃ嬉しい。ついに名前覚えてくれた」

想夜歌が指を差しながら名前を呼ぶと、柊はだらしなく頰を緩めて想夜歌の頭を撫でた。

完全に想夜歌に骨抜きにされているな！

「そぉか、だいにんき？」

キラキラしたお兄さんとお姉さんにちやほやされて、想夜歌がご満悦である。

それを見て、二人は目を合わせた。

「こうしていると、私と瑞貴の子どもみたいだね？」

「あはは、そんなこと言うと響太が嫉妬するよ」

「えっ、くれもっちゃんって私のこと好きだったの？　それとも瑞貴？」

想夜歌を囲んで、二人が勝手なことを言っている。

「はっ！　さんかくかんけい」

想夜歌が俺を見て目を輝かせている。

柊はともかく、瑞貴と俺ってなに……？　いや、柊もないけど。

「どっちもあり得ねえよ……。そんなことより、想夜歌を返せ。お前らの子どもじゃなく、俺の妹だ」

「やっぱり嫉妬してるし」

瑞貴が俺に挑発的な目を向けながら、想夜歌の背中に手を回す。想夜歌は「きゃー、たべられるー」と言いながら、抵抗はまったくしない。

くっ、よくも想夜歌を……。

「そ、想夜歌……？　こっちに戻っておいで？」

「そぉか、みじゅきとひーちゃんがいい」

「想夜歌ぁあああああ」

最近薄々感じてたんだけど、想夜歌ってもしかして俺のこと嫌い!?

雑に扱ってもいい相手だと思われている節がある……。い、いや、愛情の証だな！

「郁、知り合いだと思われたくないから二人だけで買い物をしましょう」

いつもの冷たい声が投げかけられた。

暁山と郁だ。

暁山は薄手のジャケットを羽織り、ややボーイッシュな服装だ。凛とした表情とよく合っている。

郁はシャツの上にベストを着ていて、お坊ちゃまスタイルだ。柊や瑞貴と比べると、二人ともかっちりした格好である。

「そよかちゃん」

郁が少しむっとした顔で、想夜歌に近づく。

「あい」

想夜歌は瑞貴の腕の中で、空返事をした。

「むう……。そよかちゃんは、くっついちゃだめ！」

「えー、なんで？」

「だめなの！」

郁は怒った様子で、想夜歌の手を引っ張る。

ま、まさか嫉妬なのか!?

わかるぞ。俺も瑞貴に想夜歌を取られて妬いていたところだ。郁に渡すのも癪だが、ぜひ取り返してくれ……！

「想夜歌ちゃんはあげないよ」

「だめ！」

瑞貴が愉快そうに口元を歪めてさらに想夜歌を抱きしめると、郁もより強く引っ張った。

「そぉか、ぶんれつする」

いわゆる私のために争わないで！　ってやつだな。想夜歌も楽しそうだ。

「か、かわいい〜！　郁くんはお姉さんと楽しいことしよ？　想夜歌ちゃんのことは忘れさせてあげる！」

「う？」

柊の琴線に触れたようで、郁が捕まっていた。

彼女のようなキラキラしたお姉さんに近づかれたら、園児といえど男の子なら冷静ではいられまい……。

郁は頰を赤く染めて、柊の顔をちらちらと見ている。

「ひかる姉ちゃん、ぼくは……その……」

男は目移りしてしまうものだからな……仕方あるまい。

いや、俺は想夜歌から目移りすることなんてないけど！

「ひかる……？」

俺と同じく茶番を眺めていた暁山だったが、柊が郁にちょっかいを出したことで黙っていられなくなったようだ。

額に青筋を滲ませて柊に迫る。

「私の郁になにをしているの？」

「あ、あはは……」

柊は頬を引きつらせて、郁から離れる。

本気の暁山は怖いからね……。

はあっとため息をついた暁山は、郁の手を握り自分のほうに引き寄せた。髪を払って、口を開く。

「遅れてごめんなさい。私たちが最後みたいね」

「ううん、まだ集合時間にもなってないし！」

暁山と郁が来たことで、今日のメンバーが全員揃った。

六人と大所帯なので、邪魔にならないよう気を付けないとな。

「じゃ、行こうか」

自然と瑞貴が音頭を取る。

その言葉を合図に、俺たちは歩き出した。ちなみに、想夜歌がばっちり瑞貴の隣を確保している。その後ろには暁山と郁が続いたので、俺は泣く泣く柊と最後列を歩いた。

「どこの店が目的なんだ？」

遊ぼうと誘われたので来たが、俺にはあまり縁のない施設だ。なんの店があるのかすら、よく知らない。

「くれもっちゃんは荷物持ちだから、気にしなくていいよ。メインは想夜歌ちゃんだから」

「俺はバーターってやつね。完全に理解したわ」

「あはっ。じゃあ、想夜歌ちゃんの服を選んであげるよ！　それとー、澄(すみ)とも遊びたかったし」

ふむ、柊からの扱いはいつも通りだからいいとして、想夜歌の服を選んでくれるというのは非常にありがたい申し出だ。

正直、女の子の服なんてさっぱりわからないからな。ネットのコーデを参考に、俺が想夜歌に着せたいものを買っているだけだ。

その点、柊のセンスなら間違いはない。

より可愛(かわい)い想夜歌を見るためなら、荷物持ちでもなんでもやろうじゃないか。

「なんて、ね。くれもっちゃんは私にとって、一番大事だよ」

柊は俺の袖を摘(つ)まんで、猫撫(ねこな)で声で囁(ささや)く。

「瑞貴に近づくために？」

「お、意外と察しが良いじゃん」

「こうやって集合できた時点で、すでに俺の役割は終わってないか？　というか、こんな回りくどいことしなくても普通にデートに誘えばいい気がするけど」

「ありゃ、意外と察しが悪いね」

「ほんの数秒で評価変わりすぎ」

女心、まじわかんねえ……。柊が特殊なだけな気がしないでもない。

「この恋愛未満の時期が一番楽しいんじゃん」

「そういうもんなのか？」

「それに、瑞貴はデートなんて応じないと思うし」

「ゆっくりしてると、他の女子と付き合うかもしれないぞ？」

今のところ、その可能性は低そうだけど。

あれだけモテるのに、俺の知る限りでは高校で彼女を作っていない。中学以前や校外となるとわからないけど、少なくとも瑞貴から恋人について聞いたことはなかった。

「大丈夫じゃない？　それに、そんな簡単に落ちる人だったら、最初から好きになってないもん」

「余裕だな」

「余裕なんてないよ。ただ、負けるつもりがないだけ」

相変わらず、妙に男前な女子だ。そんなことを言えばまた乙女心がわかってないと言われそうなので、口を噤んだ。

柊ほどの美少女ならわざわざ瑞貴を狙う意味はないと思っていたけど、なるほど。彼女も追うほうが好きなタイプか。そういう意味では、瑞貴と似た者同士なのかもしれない。

面倒な奴らめ……。

「と、いうわけで、今日は協力よろしくぅ」

「なんで俺が……」

「手伝ってくれたらご褒美もあげるから、さ」

柊が肩を寄せ、そっと囁いた。

ナチュラルにこういう親しげなスキンシップするの、ほんとよくないと思う。

このせいで、今まで何人の男が勘違いしてきたのだろう。柊が積み上げた屍の数を思うと、自然に涙が溢れる。

しかも柊の場合、意識的にやっているのがタチ悪い。

養殖された天然だ。

「きょうた兄ちゃん、すごいおとな……」

暁山に手を引かれる郁が、歩きながら振り向いて、顔を赤くしている。

おい、柊の言動で郁が勘違いしてるじゃないか。郁から見たら、柊のボディータッチはひどく大人なものに見えただろう。

「ふふん」

柊が調子に乗って、俺の腕に絡みつく。

郁がちらちら見ながら、さらに赤くなる。案外、郁も興味津々だな。郁も一人の男だということか。

「……？　郁、どうかしたの？」

郁の様子に気が付いて、暁山が足を止める。

「姉ちゃんじゃかてなそう」

「なんの話かしら……」

「なんでもない」

郁はぶんぶん首を振って、前を向いた。

まあ、暁山じゃ柊の色気には勝てないだろうな……。

彼女の真意を知っている身としては勘違いする余地などない。

「郁くんかっわい〜。からかいたくなっちゃう」

「やめてさしあげて!?　純情な幼稚園児を弄ぶのはさすがに罪が重いぞ」

「大丈夫、いい思い出になるよ。大人のお姉さんとの、ひと夏の思い出に……」

「トラウマになっちゃう……。とりあえず腕離せ」

「あ、照れてる」

反論するのも面倒なので、無理やり振り解く。

まあ協力するって言っても、柊の恋愛なんてまったく興味ないからなぁ。

彼女との絡みができたのも最近だし、俺は瑞貴の友達だ。あまりあいつの嫌がることはしたくない。

ここで柊に協力したら、まるで友達を売っているみたいじゃないか。

協力はできない。そうきっぱり言おう。俺は女よりも友情を優先する男だ。

「ご褒美は想夜歌ちゃんの全身コーディネートだよ」

「任せろ。瑞貴の一人や二人、想夜歌のためなら尊い犠牲だ」

「はい、決まりねっ」

協力関係が結ばれた。

瑞貴との友情？　イケメンは少しくらい苦労しないと不公平だろ。

「瑞貴～。最初どこいくー？」

柊が少し駆け足で、瑞貴の隣に並んだ。

……やっぱ俺の協力なんていらなくない？　普通に自力で近づいてるし。

しかし、俺には気安くボディータッチするくせに、瑞貴とは少し距離がある。俺は男として見られていないんだろうな……。別にいいけど。

瑞貴はべたべたされるの嫌いだから、それを考慮したムーブかもしれない。だとしたら正しい戦略だ。

「残念だったわね」

一人になった俺に、暁山が憐れみの目を向けてくる。

「……なにが？」

広い通路に出たので、郁を挟んで暁山と並ぶ。三人ずつ歩いている形だ。

「ひかるは色々と慣れていそうだもの。響汰が翻弄されるのも無理ないわ。失敗しても、悔やむ必要はないの。挑戦したという事実が大事よ」

「まじで何の話？」

「ひかるは可愛いものね……好きになるのも無理はないわ。でも、身の程というものをもう少し考えたほうがいいわね。大丈夫、響汰でも好きになってくれる子は、どこかにはいる……可能性はゼロではないわ」

「勝手に勘違いされて罵倒されてる!?」

いや、なんなら慰められてる。暁山の慈愛に満ちた表情が逆にムカつく。

なんで俺が柊を好きみたいな話になっているんだ。

「俺と柊の話聞いてた？」

「いえ、聞こえなかったわ。でも、随分とべたべたしていたようだし、響汰が頑張ってアピールしていたのは私にも伝わったわ。こう見えて、結構人を見る目はあるのよ」

「たしか眼鏡売り場もあったよな、ここ……」

完璧に間違いである。対人スキルゼロのくせに、なんで人を見る目に自信があるんだ……。目というより、突飛な想像をする認識力に問題がある気がするけど。

「……？　好きじゃないの？」

「むしろなんで好きだと思ったんだ？」

「ひかるほど可愛ければ、好きにならないほうがおかしいと思うわ。私とも仲良くしてくれるし……。それに、響汰が一番話す女の子はひかるじゃない」

「それは……別に、たまたまだよ」

反論が二つくらい浮かんで、どちらも口に出すのは憚られたので適当に誤魔化す。暁山は胡乱げに目を細めた。

柊が瑞貴狙いなのは周知の事実とはいえ、俺からぺらぺら話すようなことではない。

それに……俺がクラスで一番話すのも、可愛いと思っているのも暁山だ……なんて、言えるはずがなかった。だからといって恋愛感情を持っているなんて短絡的な結論にもならないけれど。

「俺は想夜歌一筋だからな！　ずっとそう言ってるだろ？」

「そう……ならいいけれど」

「ん？　なにがいいんだ？」

暁山の言い回しに引っ掛かって、首を傾げる。

彼女はあっ、という顔をすると、軽く咳払いをした。

「……私の友達に手を出さないでってこと」

「あ、そう……」

唯一の友達だからね……。

心配しなくても取ったりしないから安心してほしい。

「姉ちゃん、すなおじゃない……」

俺たちのやり取りを見ていた郁が、あきれ顔をした。

「郁？　私は素直よ。素直に、ひかるを心配しているの」

「姉ちゃん、だめだめ」

「うそ……っ。郁からダメな姉だと思われるなんて……」

郁の言葉に、暁山が大ダメージを受けている。

いいぞ郁、もっと言ってやれ。自分はポンコツだと自覚させるんだ。

「みんな、ここ入ろ！　子ども服も売ってるみたい！」

瑞貴たちの後ろについていくと、とある店舗の前で止まった。柊が振り返り、暁山を呼ぶ。

女性向けのアパレルショップだ。というか、見渡す限り女性向けのお店ばかりが並んでいるが、その中でもここはカジュアルで若年層向けみたいだ。柊の言う通り、子ども用の服も多く取り扱っている。

店構えからキラキラしていて、男の俺には入りづらい。別にやましいことなんてないのに、なぜか視線を逸らしてしまう。

生まれてこの方、縁のない場所だ。女性服の店なんて、前を通り過ぎるだけで中に入ることなんてないからな……。

「そぉかもいく！」

「もちろん、想夜歌ちゃんも一緒に入ろうねー」

想夜歌が手を握ると、柊も優しく快諾した。

「えへへ、お姉さんが可愛い服選んであげるからねー」

「ひーちゃん、やさしい」

「うへへ、想夜歌ちゃんならどんな服でも似合っちゃうよ。一緒に試着室入ろうね……じゅるり」

「ひーちゃん、やさしい……？」

柊が後ろから想夜歌を抱きしめる。

……最初は微笑ましい光景だと思ったけど、怪しい雰囲気になってきた。

ぐいぐい迫ってくる柊に、想夜歌は少し引き気味だ。

「おい、俺の想夜歌から離れろ。想夜歌、知らないおばさんに付いていくと危ないからこっち来なさい」

「ちょっと、誰がおばさんだって？」

「想夜歌からしたらおばさんだろ！」

「うわ、ガチでロリコンじゃん。想夜歌ちゃん、逃げるよ」

柊が腕と身体で想夜歌を隠した。

くっ、想夜歌が柊に奪われてしまう。

柊が俺だけに見えるように、小悪魔的な表情でこっそりウインクした。

「瑞貴も想夜歌ちゃんの服一緒に選ぼうよ」

柊が立ち上がって、一歩下がって見守っていた瑞貴に声を掛けた。

「みじゅきもいっしょ？」

想夜歌も乗り気だ。

「ん？　俺でよければ協力するよ。子どもの服なんてわからないけどね」

「それでもいいよ！　迷った時とかは聞くね」

「あはは、選べるかなぁ。想夜歌ちゃんならなんでも似合いそうだよね」

爽やかな、隙のない笑顔で快諾する。

「みじゅき、げっと」

「ゲットだね、想夜歌ちゃん」

ああ、そういうことね……。想夜歌をダシにして瑞貴を誘い出すと。協力っていうのは俺がなにかするわけじゃなく、想夜歌を貸してくれってことだったのか。

「想夜歌を邪な作戦に動員するなよ……」

反対しようとしたら、柊に黙ってろ、とでも言いたげな目で睨まれた。

シンプルに怖い。普段は誰にでも優しくて明るいのに、敵とみなしたら容赦しないのは暁山との一件でよくわかった。

「想夜歌ちゃん、お兄ちゃんと瑞貴、どっちがいい？」

「みじゅき！　お兄ちゃんはうるさいです」

想夜歌が即答して、瑞貴の腕に抱き着く。

「だってさ」

「そ、想夜歌……」

トドメ、とばかりに、柊が勝ち誇ったように口角を上げた。

俺はショックのあまり、声も出ない。

「ま、くれもっちゃんはそこで待っててよ。私が想夜歌ちゃんをめちゃくちゃ可愛くしてきてあげる！　行くよ、想夜歌ちゃん」

「お兄ちゃんにはないしょ？」

「内緒だよ」

想夜歌は家では俺にべったりなのに、外では冷たい……。

きっと、照れてるんだな！　そうに違いない！

まあでも、柊に任せておけば悪いようにはならないだろう。意外と面倒見がいいみたいだし、想夜歌も懐いている。

柊は想夜歌からしたらキラキラしていて、憧れのお姉さんって感じだからな。

「まあ、任せて待つとするか……」

俺は店の前の壁に寄りかかり、想夜歌たちを待つことにする。

「あれ、暁山は入らないのか？」

見ると、暁山も俺と同じように店の外にいた。当然、郁も一緒だ。

尋ねると、彼女はバツが悪そうに毛先をいじった。

「わ、私にはちょっと可愛すぎるわ」

そう言って、ちらりと店内に視線を向ける。

たしかに、この店舗は可愛い系のデザインが多いように見える。暁山は普段、比較的ラフでシンプルな服装を好んでいる印象なので、趣味じゃないと言えばそうなのだろう。

今日もボーイッシュな服装でまとめていて、まさに正反対と言ってもいい。

「暁山にも似合わないってことはないと思うけど……。まあ、キャラじゃないよな」

「そうよね」

「一回着てみたらどうだ？　柊に見てもらえば一発だろ」

「……着たとしても、響汰には見せないわ」

「なんでだよ」

咄嗟にそう返したけど、見せられてもなにか気の利いたことを言える自信はない。

いつだかゴールデンウイークに会った時も、余計なことを言って怒られた気が……。うん、次は当たり障りのないことを言って乗り切ろう。

そう内心で決意していると、暁山が少し照れたように俺を覗き込んだ。

「み、見たいの？」

「見たいな」

「そう……。え？」

一拍遅れて、暁山がぽかんと口を開ける。

「いつもカッコつけてる暁山が、ふりふりの服なんて着てたら絶対面白いだろ」

想像するだけで笑える。

美人はなにを着ても似合うし、実際に見たら可愛いのだろうけど、普段のキャラと違いすぎる。

「……へえ？」

一人で肩を震わせていると、突然の寒気に襲われた。肩だけじゃなく全身が震えそうだ。

な、なんという威圧感……。表情を完全に消したお怒りモードの暁山が、顎をくいっと上げて見下すような視線を向けていた。

非常に怖い。

「す、すまん。そんなに着たかったのか？」

いや、どう考えても勝手に想像して爆笑していたのが原因か。

「……冷静に考えると、着たくはないわね」

「やっぱり着たくないんじゃねえか」

「私のイメージに合わないわ。私はもっと、クールでミステリアスな服が似合うと思うの」

「あ、はい。そうですね」

なんとか怒りが収まったようで、ほっと胸をなでおろす。暁山（あきやま）がいつもの調子を取り戻している。

しかし、これ以上暁山と話すのは危険だと俺のセンサーが告げている。いつまた、迂闊（うかつ）に地雷を踏み抜くかわかったものではない。

壁を背にしゃがんで、郁（いく）と目線を合わせた。

「郁は服とか興味あるのか？　カッコイイ服とかも、探せばあると思うぞ」

この店舗は女の子の服ばかりみたいだが、探せばメンズファッションもあるだろう。

気になるなら連れていこうかと思ったが、郁はピンと来ていない顔で、首を横に振った。

「ぼくはおもちゃがほしい」

「はは、まあ男はそんなもんだよな」

俺も、子どもの時は服なんてまったく興味なかったよ。

いや、それは今もそうか。さすがに出かける時くらいは多少気を遣うけど、大体は無地のシンプルな服装だ。たまにネックレスを着けるくらい。そのネックレスも、瑞貴に貰ったものだし。

「あとでオモチャも見に行こうな」

「うん！　きょうた兄ちゃん、そよかちゃんもおもちゃ、すき？」

「ん？　ああ。想夜歌は面白そうだったらなんでも好きだぞ」

想夜歌の頭の中には不思議ワールドが広がっているので、なんてことない小石でも楽しく遊んでいる。だいたい不倫する役かされる役。

特に好きなのはぬいぐるみや人形だけど、ブロックやゲームなど、本当になんでもありだ。

「そっか！」

「想夜歌がなにか関係あるのか？」

「うん。あのね、そよかちゃんにはないしょだけどね」

「それを俺に言うのか……？」

俺と想夜歌の間で隠し事なんてできないよ……？　本当に俺に言って大丈夫なのだろうか。

他の人に言わないでね、は必ず広まるのが世の常。それが俺と想夜歌になれば、もはや内緒でもなんでもない。

壁際でこそこそ話す俺と郁を、暁山が白い目で見ていることは気にしないでおこう。

「ぷれぜんと、したいの」

「……想夜歌に？」

「うん」

「完全に口説きにいっているな!?」

思わずのけ反って、そう断言する。くっ、郁め、ついに本気を出し始めたか？

プレゼントだなんて、想夜歌は喜んじゃうじゃないか。

「言っておくが、想夜歌が一番嬉しいのは俺からのプレゼントだ」

「う？」

「いや、すまん。なんでもない」

つい張り合ってから、きょとんとした郁の顔を見て我に返る。

こんなことで争っても仕方ないな。俺が勝ってるのは競うまでもなく事実だし。

「なんで突然プレゼントを渡そうと？」

「そよかちゃん、もうすぐたんじょうびでしょ？」

「ああ、知ってたのか」

そう、想夜歌の誕生日が今月末に控えているのだ。

想夜歌という奇跡がこの世に生まれ落ちた、めでたい日である。一年で一番のビッグイベント、今から楽しみで仕方がない。

「そよかちゃんがいってた」

「なるほど。想夜歌も楽しみにしてるんだな……。ケーキ目当てかもしれないけど」

それで、想夜歌へのプレゼントという話に繋がるわけか。

郁は真剣な顔で、俺を見つめている。仕方ない、内緒にしておいてやるか。

「ふむ、想夜歌の好感度を稼ごうとしていることは癪だが、誕生日にサプライズプレゼントを渡そうという心がけはいいぞ」

「さぷらいず！　そよかちゃん、すきそう」

「お前も想夜歌のことを段々理解してきたようだな……。想夜歌検定六級をやろう。ちなみに俺は十段だ。まだまだだな」

「けんてい……？」

しかし、プレゼントか。

俺もそろそろ考えないとな。

最高の誕生日にするために、プランを練りに練る必要がある。忙しくなるぞ……。

「しょうもないことで子どもにマウントを取っている高校生がいるわね……」

「冷静に分析するな。あと、しょうもなくない」

「自分で勝手に認定して勝手に勝ち誇るのは、間違いなくしょうもないわよ」

郁と話していると、姉が口を挟んできた。

不機嫌そうな表情を見るに、郁を取られたのが気に食わなかったのだろう。わかりやすい。

「よし、じゃあ郁。想夜歌へのプレゼント、心して選ぶように」

「わかった！」

郁は想夜歌のプレゼントを選んでくれるようだ。

郁からのプレゼントならなんでも喜ぶだろう。まあ、さりげなく欲しいものを聞きだして暁山にリークでもするとしよう。

誕生日はまだ少し先なので、今日じゃなくてもいい。

「さすが、郁は優しいわね。自分のオモチャよりも想夜歌ちゃんを優先するなんて……。言っておくけれど、想夜歌ちゃんだけが特別なわけではないわよ。私の誕生日にもくれたもの」

「こっちのセリフだわ。想夜歌は郁以外からも貰うからな。郁なんて、数あるプレゼントのうちの一つだ」

「ちょっと、郁のプレゼントなんだから一番大事にしなさいよ」

「相手はダメだけど自分はいい、っていう浮気男みたいな発想だな!?」

想夜歌の器は広いので、当然、全部大事にするけどな！　飽きっぽいからいつの間にかカラーボックスの奥に封印されることになるかもしれないけど！

「ま、でも郁から貰えたら想夜歌も喜ぶよ。頼んだ」

「ええ、そのくらいはいいわよ。五倍返しでお願いね」

お金を払うのも買いに行くのも暁山だろうし、きちんとお願いしておく。おお、なんかママ友っぽい！

後から俺のほうに重たい請求が来そうだけど……。金銭よりも、借りという形でこき使われそうだ。

ちょうど会話が一段落したところで、柊が戻ってきた。

「くれもっちゃん、ちょいちょい」

にやけ面の柊が、小さく手招きする。

「やばい私、神かもしれない。この世に可愛いを作り上げちゃったよ……」

「なに言ってんだ？　……って、おい！」

興奮気味の柊が、店の奥まで俺を引っ張っていく。奥には試着室があって、その前には瑞貴が立っていた。

男一人で試着室前にいたら怪しいことこの上ないが、イケメン補正で彼女を待っているようにしか見えない。

「来たね、響汰」

「ここに想夜歌がいるのか？」

「ああ、そうさ。ようこそ楽園へ」

「お前、そんなキャラだったか？」

「響汰も想夜歌ちゃんを見ればわかるよ」

悟りでも開いたのか……？

瑞貴が謎テンションになるくらい、可愛いのか。

「ではでは、お披露目だよ。くれもっちゃん、ここに立って」

柊の指示に従い、いくつか並ぶ試着室の前に行く。幸いにして他の試着室は空いているようで、カーテンが閉じているのは一個だけだ。

このカーテンの向こうに、想夜歌がいる。そう思うと、少し緊張してきた。

「ひーちゃん、まだー？」

「わあー！　想夜歌ちゃん、まだ出てきちゃダメだよ！」

想夜歌は飽きてカーテンを開けようとしたので、柊が慌てて閉じる。柊の身体に隠れて、俺からはギリギリ見えなかった。

「ご、ごほん。では、昏本選手。覚悟はいいですか？」

「すまん、その前に設定を教えてくれるか？」

「ちょっと、ノリ悪いよ」

なぜか怒られた。

「この時から、全てが始まったんだと思う。……響汰、昏本は後にそう証言している」

「意味わかんねえナレーション入れるなよ……」

瑞貴も珍しくノリノリだ。

あれ？　ノれてないの俺だけ？

「姉ちゃん、あれなにやってるの？」

「郁、あれは茶番というのよ」

遅れて来た郁と暁山も、よくわかっていない様子だった。よかった……。

「じゃあ、そろそろ開けちゃうよ。さん、に……」

「言っても、想夜歌は想夜歌だろ？　そりゃ、想夜歌の可愛さに慣れていないお前らからしたら、長時間一緒にいたらその可愛いさに正気を失うのも当たり前だよ。いわゆる、可愛さ酔いってやつだな。だが、俺はずっと一緒にいるんだ。いくら想夜歌が可愛いっていったって、そんな服装を変えたくらいで」

「いち、オープン！」

「いまさら衝撃を受けたりなんか……可愛すぎる!?」

開かれたカーテンの先、試着室の中には、ポーズを決める想夜歌の姿があった。

「ばーん！」

両手を腰に当て、どや顔で立っている。

可愛すぎて言葉が出ない。

いわゆる韓国風のコーデだろうか。丈の長いブラウスをワンピースのように着て、その上に黒いベストを着ている。英字の入ったキャップと小さなネクタイが、想夜歌のおませさんなところを表現しているかのようだった。

「そぉか、かわゆい？」

「もちろん、めちゃくちゃ可愛い」

「つよい？」

「ああ、最強だ」

「そぉかはさいきょう」

想夜歌も試着室の中でくるくる回りながら、ご機嫌だ。さながらファッションモデルにでもなったように、次々とポーズを決めている。

「これは、破壊力がすごいな……。全角度可愛い」

腕を組んで、想夜歌を観察する。

感動するレベルで可愛い。さすが、クラスのアイドル柊ひかるのプロデュースと言わざるを得ない。

「あ〜、想夜歌ちゃんまじ天使！」

「柊、ありがとう。ありがとう」

二回お礼を言ってしまうほどに、柊のセンスは完璧だった。

もちろん、想夜歌の元の可愛さあってのコーデだが、良さが最大限引き出されているのだ。

それでいて、普段とは違う大人っぽい雰囲気もあり、新たな一面を見せてくれている。

「ねね、想夜歌(そよか)ちゃん。うちの子にならない？　私、兄貴しかいないから、妹欲しかったんだよね～」

「ひーちゃん、お姉ちゃん？」

「そうだよ～、想夜歌ちゃんのお姉ちゃんだよー」

「いいとおもう！」

「やったっ」

感動に打ちひしがれている間に、想夜歌が奪われそうになっている。

柊(ひいらぎ)は想夜歌を抱き上げて、俺に挑戦的な目を向けた。

「くれもっちゃん、想夜歌ちゃんは私がもらうね」

「きゃーさらわれるー」

「攫(さら)っちゃうよ～」

柊も想夜歌にデレデレだな。

攫いたくなる気持ちは大いにわかるが、許すわけにはいかない。

「想夜歌はやらんぞ」

「お兄ちゃんっていうか、お父さんみたいな発言だね……？」

「当然だ。俺は想夜歌の父であり母であり、兄であり姉でもあり、そして時には親友にもなる男だ」

「あはっ、くれもっちゃんがまた意味わかんないこと言ってる」

俺の発言は、柊によって雑に流された。

「あ、でもでも、くれもっちゃんと結婚したら想夜歌ちゃんが妹になるんだよね？　えー、どうしよ」

「ひーちゃんとお兄ちゃん、けっこん？」

「想夜歌ちゃんの親権だけもらったら離婚するね」

「りこん！　そぉか、いいとおもう」

想夜歌と柊が意気投合している。

「そ、想夜歌……？　離婚っていう単語にときめくのはどうなの？」

「お兄ちゃん、りこんしたいでしょ？」

「したくないよ!?　お兄ちゃんが弄(もてあそ)ばれてもいいってこと？」

「ひーちゃん、すき」

想夜歌よ、本当に離婚で悩んでいる人の前では言わないように気を付けるんだぞ。

しかし、想夜歌は随分(ずいぶん)と柊を気に入ったようだな。やはり、服を選んでくれたのが大きいのか。俺も勉強しないとな……。

「えっ、離婚したくないってことは、私と添い遂げたいってこと……？」

柊が両手を胸に置いて、上目遣いで言ってくる。

「まず結婚してないけどな？　それに、想夜歌の親権は俺も持ってない。欲しいけど」

「そういえばそうだね」

すぐにケロッとして、くったくなく笑った。

「ひかる、結婚なんて軽々しく言うことじゃないわ。響汰が勘違いしてその気になったらどうするの。襲われるわよ」

「襲わねえよ……」

柊が言い始めた冗談なのに、なぜか俺が睨まれた。心配しなくても、お前の友達を取ったりしないから安心してくれ。

「じゃあ、そろそろ出よっか」

「あれ？　柊は買わなくていいのか？」

「うん。ちょっと見たかっただけだし」

そう言って、柊が想夜歌を解放する。

おお、ようやく想夜歌が俺の元に帰ってきたぞ！　近くで見るとより可愛い。

「想夜歌、その服欲しいか？」

「ほしい！」

「よし、じゃあ今から買ってくるからな」

お値段はそこそこ張るが、想夜歌のためなら仕方あるまい。生活費は両親が振り込んでくれているから、俺の金じゃないけど。

試着したまま会計をして、タグを切ってもらう。元々着ていた服は、俺のカバンに突っ込んだ。

「ふ～、楽しかったぁ。想夜歌ちゃん、ありがとね」

「ひーちゃん、ありがと」

「お兄ちゃんが嫌になったら、いつでもうちに来ていいからね？」

「あした？」

え？　すでに嫌ってこと？

しかし、想夜歌と柊は意外と相性がいいな。遊ぶ機会があってよかった。

「次どこいこっか～」

六人で店を出て、二階に上がった。ショッピングモールをぶらぶらと歩く。

「ぼく、あそこいきたい！」

郁が指差したのは、キッズスペースだ。

ちょっとした遊具とアスレチックがあって、子どもがのびのびと遊べる。

有料なだけあって、かなり充実している。楽しそうだ。

「そぉかもやる」

郁に続いて想夜歌もやる気を示したところで、ここに入ることが確定した。

だが、子ども二人に対して大人四人はバランスが悪い。高校生が遊ぶような場所でもない。

「俺と響汰で見ているから、暁山ちゃんとひかるは二人で回ってきなよ」

「え、いいの？」

「女の子二人で見たい場所もあるでしょ？」

瑞貴も似たようなことを考えていたのか、二人にそう提案する。

たしかに、今のところ想夜歌の服しか買っていないからな。せっかくのショッピングモールだし、暁山と柊も色々と見たい場所があるだろう。俺たちがいると、移動の自由度が低い。

想夜歌もついていきたがるかと思ったけど、興味はキッズスペースに移っているようだった。

「オッケー。ありがと、瑞貴。じゃあ澄、二人でいこ！」

「え、でも郁が……」

「くれもっちゃんがいるからへーきだよ」

そう柊に振られたので、親指を立てて返しておく。

想夜歌と郁は遊ばせておけばそんなに手は掛からないので、全く問題ない。瑞貴もいるしな。

「そうね。……郁をよろしくお願い」

「無言の圧がすごいな」

郁になにかあったら殺される気がする。

それでも俺に任せてくれたのは、俺をある程度信頼してくれているのか、そんなに柊と行きたかったのか。おそらく、両方か。

「じゃ、一時間くらいしたら戻ってくるね！」

女性陣が手を振りながら、別の店に向かっていく。

うんうん、このほうが平和だよな。女の子は買い物が長いと聞くし、俺たちがいないほうが捗(はかど)るだろう。

「よし、想夜歌、郁。遊ぶぞ！　見ろ、あそこにアスレチックがあるぞ！」

「響汰が一番遊びたそうだね。ところで、キッズスペースって若い奥さん多いんだね。結構楽しそうじゃん」

「お前は目的おかしくないか？」

入ってきちゃダメなタイプだろ、絶対。

それから、想夜歌と郁と遊びながら、二人の帰りを待った。

五章　ひかると買い物。

The Love Comedy Which Nurtured With a Mom Friend.

「澄(すみ)、これ可愛(かわい)くない？」

ひかるがキャラクターのストラップを持って、私に見せる。

郁(いく)と想夜歌(そよか)ちゃん、それから響汰(きょうた)と雨夜(あまや)君と離れ、私はひかると店舗を回っていた。

今いるのは雑貨店だ。オシャレな雑貨がたくさん並んでいて、少し緊張する。

郁と離れて大丈夫かしら……。響汰に余計なことを吹き込まれていないか心配なのだけれど。

「んー？　どうかした？」

「いえ、大丈夫よ」

「あ、わかった。くれもっちゃんが心配なんでしょ」

「そうね。響汰は子どもだから、郁に迷惑をかけていないかしら……」

「あははっ。子どもと同じ目線で遊べるのも、いいことだと思うよ」

ひかるは口を大きく開けて笑う。

本当に明るくて、可愛い人だ。私とは正反対。未(いま)だに、私のことを羨(うらや)んでいたという発言が信じられない。

私がひかるに勝てるところなんて、テストの点数と可愛い弟がいるところくらいだ。テストの点数だってただ私のほうが勉強時間が長いだけで、ひかるのほうが地頭はいいと思う。じゃなきゃ、こんなに上手く立ち回れないだろうから。

女の私から見てもひかるは常に隙がなくて、いつ見ても可愛らしい。

みんなに好かれる理由がよくわかる。こんな女性になれたらいいのだけれど、私には無理だ。

ひかるだけじゃない。響汰だって、雨夜君だって、友達が多くて私なんかとは全然違う。彼らにとっては私は大勢いる友達のうちの一人なのかもしれない。そう思うと、少し切なくなる。

……いえ、私には郁がいればそれで十分なのだけれど。

「うわ、これミニスカちゃんじゃん。私も毎週見てるんだよねー。可愛い」

「想夜歌ちゃんもハマってるわよ」

「え、ほんと？　さすが想夜歌ちゃん、センスいいね」

「なるほど、それが最先端のセンスなのね。……私には理解できないわ。勉強しないと」

「いや、真面目かっ」

ひかるはコロコロと可愛らしく笑う。

「ひかる、友達になってくれてありがとう」

「え、なに突然改まって。こちらこそ……？」

ひかるは戸惑いながら苦笑する。

途端に恥ずかしくなる。顔が少し熱い。

「ふふっ、私も、澄と友達になれてよかったよ」

「そう……？」

「うんっ。あ、次あそこ行きたい！」

ひかるは雨夜君や響汰といる時よりも、テンションが高い気がする。

私に心を開いてくれているみたいで、少し嬉しい。

「にしても、さっきのくれもっちゃん面白かったなぁ。想夜歌ちゃんのことになると馬鹿っぽくなるの、面白いよね」

「そうね。いつも馬鹿だとは思うけれど」

「あはは。いつも想夜歌ちゃんのことしか話さないもんね」

「……ひかるは響汰と仲がいいのね」

「そうでもないよ？　去年は別に絡みなかったし」

その割りには、二人でよく楽しそうに話している。気が合うのでしょうね。二人とも、冗談を言うのが好きなタイプみたいだし。

さっきも、私の後ろを歩きながら仲良く話していた。会話の内容までは聞こえなかったけど、ずいぶんと身体の接触が多かった。

まったく、恋愛をするのは自由だけれど、公衆の面前でいちゃいちゃしないでほしいわね。

「まあでも、くれもっちゃんとは協力関係を結んでいるからね」

「協力……？」

「お互いに利用する関係ってことだよ。その内容はー、まあ、内緒かな」

人差し指を口に当てて、いたずらっぽく笑う。

「そう……」

ここで軽く笑えればよかったのだけれど、私の頬はぴくりとも動いてくれない。

なぜだろう。別に、ひかると響汰がなにをしていようと関係ないはずなのに。

「ていうか、澄のほうがくれもっちゃんと仲良くない？」

「……？　別に、仲良くないわよ。ただのママ友だもの」

私と響汰は、弟妹がいるから関わっているだけ。友達ですらない。

もし郁と想夜歌ちゃんが疎遠になれば、私たちは話すことすらしなくなるでしょうね。

……そう思って、少し寂しくなる。いえ、響汰なんてどうでもいいのだけれど。

「でも、くれもっちゃんは意外と優良物件だよね。顔は結構いいし、ああ見えて気が利くもん。妹を大事にしてるのも高ポイント。まあ、さすがに行き過ぎだけど。逆に言えば、浮気とかしなそう」

「……ひかるは響太が好きなの？」

想像してみる。さっきのやり取りを思うに、結構お似合いな気がした。

なんだか、喉の奥にものが詰まったように、重く苦しい。水筒を出して、水を一口含んだ。

「いや？　ぜんぜん」

ひかるはあっけらかんと、そう言った。

水を飲んだからか、息苦しさが消えた。

「だから、安心していいよ。澄のライバルにはならないから」

「ライバル？　なんの話かしら……？」

「ありゃ、無自覚？」

きょとんとして、ひかるが私を見た。

私も小首を傾げて、見返す。

「澄、くれもっちゃんのこと、ちょっと良いと思ってるでしょ」

「響太を……？　あり得ないわね。あんな無神経な男」

「あはは、それは否定しないけど……私には、良い感じに見えるなー」

「やめて。だいたい、私は郁がいるから十分よ」

反射的に否定する。

響太とはよく話すから、たしかに気の置けない関係にはなってきた。

でも、だからと言ってすぐに恋愛に結び付けるのは、安直すぎると思うの。

「そっかぁ……。まあ澄がそう言うならそうなんだろうけど」

「ええ、そうよ。間違いないわね」

「じゃ、くれもっちゃんは私が貰ってもいいってこと？」

ひかるが悪い笑みを浮かべる。

もちろん、と答えようとして、言葉が詰まった。

それはちょっと、嫌かもしれない。

いえ、あくまで知り合い同士が恋愛するのは気まずいというだけの話だけれど。

「なんて、ね。私はもっとイケメンが好きだから」

「そうよね」

「でも、好きになっちゃうのもわかるなー。あんな風に、澄のことを理解して動いてくれる人なんて、そうはいないもんね？」

「だから、好きなんかじゃ……」

「ふふっ。まあそういうことにしておこうか。なにかあったら、いつでも相談に乗るからね」

恋愛なんて、私にはできない。

郁を愛するので精一杯なのに、そんなことにうつつを抜かしている暇はないもの。

それに、私だって好きになるなら、もっとカッコよくてスマートな人のほうがいい。それこそ、父のような。

雑貨店を出て、次は服を探す。

「あ、待って。このお店の服、めっちゃ澄に似合いそう」

「……可愛すぎないかしら」

「ふふふふっ、怖がらないでいいから、お姉さんに任せちゃいなよ。澄のコーデなんて……腕が鳴るね」

「ひかる、それはどういうキャラなの？」

響汰の話はもう終わったらしい。

手をわきわきとさせて迫るひかるは、ちょっと怖い。

「これと、これと、これ！　はい、試着してきて！」

「え？」

「絶対似合うから。一回着てみよ？　ね？」

服をいくつか無理やり押し付けられて、試着室に放り込まれる。言われるがまま、袖を通した。

……これは、人には見せたくないわね。

露出が多すぎるし、色が明るすぎる。こういうのはもっと可愛い子が着るべきだと思う。

静かに脱いで、次の服を手に取る。

今度はさらに派手だった。さすがに試着すらできない。

ひかるが着れば可愛いんだろうけれど、私には絶対似合わない。

「澄、どう？　着たら出てきて」

「嫌よ」

「お願いっ。写真撮って愛でるだけだから！」

「もっと嫌になったわ」

鏡で見るだけで恥ずかしいのに、写真なんて撮られたら死にたくなる。

……響汰には特に見せられないわね。絶対笑われる。

「あ、これなら……」

一着、比較的地味な服を見つけた。これでも、普段の服からすると派手だけれど。

桜色のフリルワンピースだ。絶望的に似合っていない。

選んでくれたひかるの手前、一応着てカーテンを開ける。

「お、いいじゃん！　スタイルがいいから、やっぱり映えるね。もっとにっこり笑えば完璧！」

「……脱ぐわ」

「えー。可愛いのに。くれもっちゃんと瑞貴にも見せようよ」

「ぜったたい嫌よ」

この姿を見られたら、恥ずかしくて引きこもる自信がある。

……私も、こういう可愛い服が似合う子になれたら、楽しいのだろうけれど。

そういえば、昔はピンクや赤も好きだった気がする。

着ていると父が褒めてくれたし、あのころはもっと明るい性格だったから。

「せっかくだから買おうよ。ていうか、私が買ってあげる」

「いえ、それは悪いわ」

「私が澄に着てほしいんだよー。可愛いものにはお金を惜しまないからね」

「……ひかるに買ってもらうくらいなら、自分で買うわ」

私は似合わないと思うけど、ひかるが選んでくれたのは素直に嬉しい。着るかどうかは別として、ひかると遊びに来た記念に買ってもいいかもしれない。

値段を見ると、それほど高くなかった。

覚悟を決めて、レジに持っていく。想夜歌ちゃんのように、着たまま買う勇気はないので着替えてからだ。

外から見えないように、紙袋に入れてもらった。

「ふう、また良い仕事をしてしまった……。私、女の子を可愛くさせる天才かもしれない……」

ひかるが達成感に満ちた顔をしている。

「服は可愛かったわ。服はね」

「澄も可愛かったよ。ぜったい着てね？　あ、部屋着にするとかもなしだから！」

「……気が向いたら」

ひかるが私の顔を覗き込んで、念を押してくる。

斜め上を見ながら答えると、言質はとった、とばかりにひかるが頷いた。

「さて、そろそろ一時間だね。みんなのところに戻ろっか」

「そうね」

ひかると二人の買い物は楽しかった。

高校に入って初めて、友達と遊んだ気がする。

「そろそろ夕方だし、ご飯食べて解散かな？　なに食べたい？」

「郁が食べたいものを」

「ふふっ」

キッズスペースが見えてきた。

近づくと、想夜歌ちゃんと遊んでいる響汰が見えた。相変わらず無駄にテンションが高い。

「やっぱりお似合いだよ。そっくりだもん」

ひかるが悪戯っぽく笑ってから、雨夜君のほうへ走っていった。

私も遅れて追いつくと、郁が「たのしかった！」と報告してくる。

「お、なにか買ったのか？　暁山」

「……内緒よ」

「え、なんでだよ」

響汰が紙袋を覗こうとするので、慌てて隠す。

本当にデリカシーがない。こんな男を好きになるなんて、あり得ないから。

「くれもっちゃん、ダメだよ。もし下着だったらどうするの？」

「くっ……ぐうの音も出ねえ」

「想夜歌ちゃんに嫌われちゃうよ？」

「そ、想夜歌……？　俺のことを嫌うなんてありえないよな？」

また、響汰とひかるが話している。

少しだけ、見てもらいたいと思ったけれど……やっぱり、恥ずかしいからなしね。

「じゃあ、飯でも行くか」

「あ、俺いいところ知ってるよ。イタリアンなんだけど、結構安いんだ」

「いいな。そこにするか」

郁がいれば、友達なんていらないと思っていた。クールで憧れられる存在なんだって、自分を誤魔化して。

でも……六人で遊びに来た今日は、正直とても楽しかった。

それはひかるや雨夜君のおかげでもあるけれど……最初に引き合わせてくれたのは、響汰だ。

そのことに関しては、感謝してもいいかもしれないわね。

「澄ー、どうかした？　早くいこ！」

「ええ、今行くわ」

郁と手を繋いで、みんなの後ろに並んだ。

さっきは否定したけど、響汰は、他の人よりもちょっと特別。でもそれは、恋愛なんて単純な気持ちなんかじゃ決してない。

響汰は……ただの、大切なママ友よ。

六章　妹はママが好き。

六人でショッピングモールに行ってから、数日が過ぎた。

「みて、ひーちゃんのふく。かわゆい？」

「当然、可愛(かわい)すぎる……ッ。けど、皺(しわ)になっちゃうから寝る前に脱ごうな」

「あーい」

想夜歌(そよか)は柊(ひいらぎ)に選んでもらった服を相当気に入ったみたいで、あれから毎日着ている。

幼稚園は制服なのに、帰ってお風呂入った後に着たがるのだ。寝るまでの時間をこの格好で過ごしてからパジャマに着替えるというのが、最近のルーティンである。

「おとななので、たたみます」

二度手間でしかないけど、本人が楽しそうだしいいか。みんなに褒(ほ)められたのが相当に嬉(うれ)しかったようで、とても大事にしている。

柊チョイスの服は大人っぽい感じなので、その点も想夜歌の琴線に触れたみたいだ。

おかげで、最近は大人っぽい行動をすることにハマっている。

「そぉか、おとなもーど」

「大人モードになるとどうなるんだ？」

「うごきがはやくなる」

なんだかキリっとした目つきで、想夜歌がどや顔した。

「しゅっしゅっ」

「おお……！」

全然進んでねえ！

身体の動きが早いだけで、むしろ余計に崩れていく。一応、畳んでいるんだよな……？

「ふう……きょうてきだった」

「さすが想夜歌！　よし、じゃあ俺がもっと強くなれる方法を教えてやろう。見ててくれよな」

「まかしぇろ」

「まずは服を広げて……」

綺麗に畳む方法を想夜歌にレクチャーする。

想夜歌は身を乗り出して、興味深そうに聞いてくれる。教え甲斐があるな。

「こう？」

「そうだ。上手いぞ」

「できた！」

見よう見まねで畳んだ想夜歌は、嬉しそうに手を叩いた。

まだ少し不恰好だが、上手くできている。天才かな？

想夜歌がよそ見をした隙に、ちゃちゃっと手直しする。これで、シワにはならないだろう。

「そぉか、おとな？」

「ああ、大人だな。ピーマンを食べられたら完璧に大人だ」

「そぉかはこどもです。こどもは、ぴーまんたべない」

想夜歌、本当にピーマン嫌いだな……？

まあ俺も、ピーマンに限らずだいたいの野菜が嫌いだったけど。今では野菜は大好きで料理に使わない日はない。

想夜歌もそのうち食べてくれるだろう。と、俺に抱き着いて子どもアピールを始めた想夜歌の頭を撫でながら思った。可愛い。

「えんそく、つぎいつ？」

「遠足はしばらくないかなぁ……」

「がーん」

口で言いながら、畳んだ服の上に倒れ込んだ。反応が大げさで面白い。

「ひーちゃんのふく、きたかった」

「遠足じゃなくても、そのうちお出かけしような」

「するー！」

お出かけか。暑くなってきたし、どこか涼を感じられるような場所がいいな。

嬉しそうに飛び跳ねる想夜歌を見ながら、次の行き先を考える。

想夜歌となら、どこへ行っても楽しいだろう。そう思うと、自然と笑みが零れた。

……その時、玄関のほうから物音が聞こえた。

「ママ⁉」

瞬時に想夜歌が反応する。

首の筋を痛めそうなほど早く振り向いた。勢いのままリビングから廊下に出る。

「想夜歌、知らない人だったら危ないだろ！」

いや、施錠はしっかりしているし、そんなことはまずないだろうけど。

想夜歌に続いて廊下に出ると、玄関には想夜歌の予想通り、いや期待通り、母さんがいた。

スーツ姿で、手に持ったビジネスバッグを肩に担いでいる。

「ママだー！」

「お、想夜歌だ。ただいま」

「ママ、おかえり！　あのね、あのね、きょうもようちえんにいった」

「おー、そうかそうか。よかったね」

「うん！　それでね、おえかきしたの！」

土間で靴を脱ぐ母さんに、想夜歌が一生懸命話しかける。嫌がられないようにと、少し距離を空けながら。

家に上がった母さんはそれを知ってか知らずか、適当に流しながら、想夜歌の横を通ってリビングへと向かう。

「今日は早いんだな」

「一旦、山場は越えたのよ。またすぐ忙しくなるけど」

想夜歌がまだ起きている時間に帰って来るのは珍しい。

だいたいは想夜歌が寝たあとだ。俺ですら、会わないまま寝る日も少なくない。

「ママ、はやいのうれしい」

「私も嬉しいわよ～」

想夜歌は満面の笑みで、素直な気持ちをぶつける。

母さんは振り返りもせず、俺の前を通り過ぎてそのままリビングに入った。

その後ろを、想夜歌がてくてくと追う。

「想夜歌……」

「お兄ちゃん、ママ、きょうはやい！」

「……ああ、そうだな」

想夜歌の本当に嬉しそうな顔を見ていると、胸が痛くなる。

母さんはいつものように適当に脱ぎ散らかすと、ソファに座り込んだ。

「響太ぁ、ビール～」

どうせそう言うと思ったので、すでに冷蔵庫から出している。無言のまま、ソファ前のローテーブルに置いた。

「ありがと」

雑に礼を言いながら、視線はビールを追っている。俺が置くや否や、手を伸ばす。

俺はそれを一瞥して、母さんが捨てた抜け殻を拾っていく。

「つまみはある？」

「今日のつまみは想夜歌のお話だ」

「ん～？　ま、たまにはいいかもね」

母さんが缶を開けながら、気まぐれにそう答える。

少し離れたところでわくわくしながら待っていた想夜歌が、パッと花を咲かせた。

「おはなし、する！」

想夜歌はいそいそとソファによじ登って、母さんの隣に座った。ギリギリ身体が触れないくらいの位置で、母さんの横顔を見る。

「きょうはね、りりちゃんと、みこちゃんと、あーちゃんとあそんだ！」

「へえ、友達？」

「うん！」

ニコニコと純粋な笑顔を浮かべている……ように見えるだろう。母さんには。

その証拠に、母さんは気にした様子もなく想夜歌の話を聞いている。相槌を打ちながら、三秒に一回くらいのペースでビールを口に含む。

「それでね、あのね」

想夜歌は一生懸命話して、母さんの気を引こうとしている。俺からしたら、無理をしているようにしか見えない。

ぎこちない……いや、ある意味綺麗すぎる笑顔と、わかりやすく子どもらしい話題。想夜歌がどれくらい意識的にやっているかはわからないけど、いつも一緒にいる俺にとって、想夜歌の態度は不自然極まりなかった。

滅多にない、母さんとゆっくり話せる機会だ。黙ったら終わってしまうのだと言わんばかりに、矢継ぎ早に話題を繰り出す。

「想夜歌は元気ねえ」

母さんは話を広げるでもなく、ただ適当に聞き流していた。足を組んで、想夜歌のほうを向こうともしない。

「げんき！」

この必死な姿を、元気の一言で片づけてしまうのか。

そんなところが、昔から嫌いだった。

「想夜歌……」

止めようとしたけど、想夜歌の嬉しそうな顔を見て、手を下ろした。

辛そうだけど、想夜歌にとっては貴重で、大切な時間なのだ。

「なんと、そぉか、ぴーまんたべられるようになった」

「ピーマン美味しいわよね」

「うぇ？　う、うん。おいしい」

……なぜか嘘を吐き始めた。

想夜歌、ピーマンがちらりと見えただけで逃げ出すほど嫌いじゃないか……。

未だに想夜歌が自主的にピーマンを食べるところを見たことがないけど。

「そぉかは、おとなです。おりこうさんです」

「知ってるわよ。想夜歌は、ワガママとかぜんぜん言わないもんね。いい子いい子」

「うん、そぉか、いいこ」

「偉い偉い。ほらね、響汰。想夜歌も大丈夫でしょ？　あんたたち二人とも、なんだかんだ立派に育ってる」

想夜歌は膝の上に置いた拳を、ぎゅっと握りしめている。

本当は、すぐ隣にいる母さんに抱き着きたいに違いない。

いつも俺にやっているように、瑞貴や柊にやるように気分のままくっついていたいはずだ。

もちろん、それは俺の予想でしかないし、想夜歌が本当はどう思っているのかなんて聞いてもわからない。

でも……俺はこの歪な関係が正常なものであるとは、思いたくなかった。

「……大丈夫なわけじゃない。こうするしかないだけだ」

「親なんてね、基本的に邪魔なだけなのよ」

「そんなこと……ッ」

思わず語気が荒くなる。

「お兄ちゃん！」

俺がなにか言う前に、想夜歌が声を張り上げた。

「ママ、そぉかとおはなしちゅう」

「……そうだな。すまん、想夜歌」

泣きそうな顔の想夜歌が、俺を諌める。

「やーい、怒られてやんのー」

「……つまみでも作ってくる」

「お、やっぱり作ってくれるんじゃない。じゃーねー、あれがいいな」

「だし巻」

「それそれ」

調子のいい態度にも、ついイラついてしまう。少し頭を冷やそう。

想夜歌にとっては、貴重な時間だ。俺が邪魔をしてはいけない。

大丈夫、料理をすれば気持ちも落ち着くはずだ。

「そぉかもりょうり、できる！」

「へー、すごいじゃない。私はできないよ」

「ママ、できない？　そぉかも、じつはできない……」

「料理なんてできなくても死にはしないわよ。そんなことより、想夜歌は勉強頑張りなさい。頭がよくて仕事ができれば、だいたいの問題は解決するわ」

「おべんきょ？　がんばる」

「素直でよろしい」

酒が回ってきたのか、母さんも上機嫌だ。

さっと作っただし巻を、母さんに出す。

今までに何度作ったかわからない。この時間だから濾したり量ったりなんかは省略した。もう慣れたものだ。

「うん、美味しい。やっぱり、酒に合うわねー」

子どもの好きな玉子焼きとは違い、だし巻には白だししか使っていないので甘くない。

酒に合うかは知らないが、俺はこっちも好きだ。

「ママ、あのね、そぉかおべんきょう、がんばる」

「おー、がんばりなー」

「がんばったら、えっと、こんど……」

珍しく、想夜歌がしどろもどろになって言葉を詰まらせる。

なにを言いたいのかはなんとなくわかったけど、母さんの返答はどうせ決まってる。いたたまれなくなって、思わず視線を外した。

しかし、そもそも返答がなかった。

想夜歌の言葉が終わる前に、母さんが立ち上がった。

「さて、そろそろシャワー浴びようかしらね」

「しゃわー。いってらっしゃい！」

ふらふらとよろめきながら、浴室へと向かう。

「響太〜、肩貸して〜」

「……シャワー浴びずに寝たほうがいいんじゃねえか」

「嫌よ。せっかく気分いいのに、汚れたまま寝たくないわ」

「そうかよ。まあ、勝手にしてくれ」

肩を貸しながら連れて行く。

「今日の想夜歌を見てわかっただろ？　想夜歌は母さんと話したいんだよ」

「たまに話すくらいがちょうどいいのよ。様子はあんたに聞けばいいしね。ずっと一緒にいたって、仲が悪くなるだけ」

「……人並みに様子は気にするのな」

「当たり前じゃない。娘よ？」

「なら、これからは直接聞いてくれ」

様子を気にしている？　嘘に決まっている。

母さんはたまに思い出したように、母親っぽいポーズを取るだけだ。

向いている方向は想夜歌じゃなくて、自分自身。

「ま、今回はちょうどいい酒の肴になったわ」

ひらひらと手を振って、脱衣所に入っていった。

リビングに戻ると、想夜歌が謎の動きをしていた。

リビングの中心に立って、肩幅に足を開き、手を上に上げている。

「とお！」

「なにやってるんだ？」

「ねむくならないうんどう」

「そ、そうか……」

てっきり雨ごいでも始めたのかと思った。

「ママ、しゃわーおわるのまってる」

「……もう遅いから、寝よう。夜更かしはお肌の天敵だ。想夜歌（そよか）のもちもち肌が損なわれたらどうする」

「たいへん。ママにもおしえてあげないと」

久しぶりに母さんと話せたからか、想夜歌は上機嫌だ。

でも、もう普段寝ている時間は過ぎている。身体（からだ）は限界のはずだ。

謎の儀式も、だんだん動きが鈍くなっていった。

想夜歌は疲れて、ソファに戻った。

「想夜歌、お布団いこ？」

「やだ」

「母さんも、出たらすぐ寝るよ」

「それでも……おきてる……」

喋（しゃべ）りながら、うとうと船を漕（こ）いでいる。瞼（まぶた）がゆっくりと落ちて、重たそうだ。

「ママ、そぉかのたんじょうび、かえってくる？」

想夜歌の言葉に、胸が締め付けられる。

誕生日は特別な日だ。俺が教えたことだけど、それが想夜歌を苦しめているなんて。

去年も一昨年も、俺が一人で祝った。

まだ幼かったから誕生日の意味を理解していたか怪しいけど、今はもうわかっているはずだ。幼稚園に入り、毎月誕生月の子たちを祝うイベントもあるのだ。

六月生まれの想夜歌も、月末に祝ってもらえる。

でも想夜歌が欲しいのは幼稚園のイベントでも、俺のプレゼントでもなく……。

「そぉか、わがままいわないよ？　なかないよ？　いいこだよ」

「ああ、想夜歌は最強に可愛い妹だよ」

「うん……そぉか、さいきょうの……むすめ」

そんなことを言いながら、想夜歌の意識が完全に溶けていった。

すやすやと寝息を立て始める。

「……想夜歌には俺がいるからな」

起こさないように慎重に抱き上げて、部屋に運んだ。布団の上に寝かせて、頭を撫でる。

この小さな身体に、どれだけのものを背負っているのだろう。

能天気で気楽な、いつものテンションは想夜歌のほんの一側面でしかない。想夜歌は、俺なんかよりずっと多くのことを考えていると思う。幼いなりに、精一杯。

俺はそんな想夜歌に、なにをしてあげられるんだろう。

七章　妹とバーベキュー。

『過去の男の嫌な思い出も、一緒に洗い流そう！　ミニスカちゃん洗濯洗剤、発売中！』

「ミニスカちゃんだ！」

お気に入りのアニメキャラクターがテレビに映ったので、想夜歌（そよか）が反応した。

ついに企業とのコラボＣＭまで始まったのか……。

衣服の擬人化アニメだから洗濯洗剤との相性はいい……のか？　にしてもそのキャッチコピー大丈夫？　炎上しない？

「タンクトップくんもいる！　あのね、タンクトップくんはジーンズさんがすきなの。でもね、ショーパンちゃんはタンクトップくんがすきでね、それでね」

「人間関係めちゃくちゃすぎるだろ……」

いや衣服関係か？

そんな真剣に見ているわけじゃないからよく覚えてないけど、ジーンズさんって主人公の旦那（だんな）と不倫してる女じゃなかったか？

タンクトップ君とやらはなかなか趣味が悪いようだ。

「ミニスカちゃん、みる」

「今週の録画はもう見ただろ」

「もっかいみる」

CMを見たことで、また見たくなったらしい。寝る時間まではもう少しあるし、アニメを流しておけば大人しくなるからいいか。

リモコンを操作して、録画を再生する。

さて、その間に家事を片付けよう。そう思った時、視界の端でスマホが光った。

『明日は空いていますか』

机の上のスマホが突然そんなメッセージ通知を表示するものだから、思わず鼓動が速くなる。

手を伸ばして、見やすいようにスマホを傾ける。

「……暁山か」

「すみちゃん？」

俺が差出人の名前を読み上げると、テレビを見ていた想夜歌が振り向く。

明日は土曜日だ。休日の予定を聞いてくるなんて、どうしたんだろう。暁山とはたまにメッセージのやり取りをしているが、基本的に事務的な内容だけだ。こうして積極的に連絡してくることはない。

というか、空きを聞くなら用件も一緒に言ってほしい。内容によって空いてるかどうかが変わるから。

「まあ空いてるんだけどさ……」

いや、想夜歌と遊ぶ予定があったな！　毎日！

暁山の用事は十中八九、想夜歌と郁も一緒だろうから、その点は心配いらないが。

返信をすると、すぐに既読がついた。

一分も待たずに、また通知音が鳴った。

『母がバーベキューをしたいそうなのだけれど、響汰と想夜歌ちゃんも誘いなさいって。でも響汰は忙しいのね。仕方ないわ』

『空いてるって返したよな？』

『暇人なの？　予定くらい作りなさい』

うわ、すっごい来てほしくなさそう。

しかし、暁山の母親か。会ったこともないし、暁山もそんなに積極的に話さないから知っていることは少ない。勝手なイメージだけど、しっかりした人な気がする。お弁当も綺麗だったし。

シングルマザーとして仕事をしながら子育てもしているのだから、会ったことはなくても尊敬できる。

まあでも、俺たちだけならともかく、親まで一緒にいるのは気まずいよな……。

「そぉかも、いくともしもしする」

ほとんど文字を読めないのに俺のスマホを覗き込んでいた想夜歌が、自分のキッズスマホを手に取った。

電話をかけるだけなら文字を読めなくても、登録したショートカットから可能だ。

誠に遺憾だが、郁の番号はショートカットに登録されている。

「もしもし、いくですかー？　え？　ばーべきゅー？　そぉかもつれてけー」

誘ったけど断られた、という形にしようと暁山が画策している間に、想夜歌にも伝わってしまった。

「お兄ちゃんもつれていくね！　ばいばい！」

想夜歌は電話を切って、キラキラした目で俺を見た。

「お兄ちゃん、ばーべきゅーってなに？」

「わかってないのに行きたがったのか？　バーベキューはな、外で肉とか野菜を焼いて食べるんだ」

「おそとで……！　たのしそう」

想夜歌が乗り気なら、暁山の誘いに乗るのもやぶさかではない。

その旨を伝えると、諦めたように了承の返信が来た。

『この前郁の看病をしてくれたお礼がしたいそうなの。悪いけど、付き合ってくれる？』

『郁(いく)よりもお前の面倒のほうが多く見ている気がするんだけど』

『母に余計なこと言ったら許さないわよ』

郁は大人しくていい子だからなぁ。一度も迷惑をかけられた記憶がない。

とりあえず、暁山(あきやま)のポンコツっぷりはご報告差し上げないと。

集合場所や持ち物の確認をして、やり取りを終えた。


次の日、俺と想夜歌(そよか)は昼前に家を出た。

隣駅の近くにバーベキューの貸しスペースがあるので、そこを利用する予定らしい。

現地集合なので、自転車で向かう。

「そぉか、おにくひゃくまいたべる」

自転車のチャイルドシートで、想夜歌が宣言している。

「野菜も食べないとな」

「おにく！」

初めてのバーベキューに想夜歌のテンションが上がっている。

二人でやるものでもないし、今までは機会がなかったんだよな。

うちの庭でもできなくはないけど、必要ないのでセットは買っていない。片付けるのも面倒だしな。

「暁山の母親か……。やっぱり、ちゃんと挨拶したほうがいいよな……？」

やばい、普通に緊張する。

クラスメイト、それも暁山の母親なんて、どう接したらいいんだ。

いや、別に暁山とはなにもないのだから、普通に話せばいいんだろうけど。

駅の駐輪場に自転車を停めて、店へと向かう。

ちょっとした商業ビルの屋上が、春と夏だけバーベキュースペースとして使えるのだ。

「いくだ！」

受付のある店に向かうと、想夜歌が真っ先に郁を発見する。

近づくと、Tシャツ姿の暁山が振り向いた。一緒に、隣の女性も振り向く。

デニムスカートにTシャツを着て、アームカバーを付けている。

「君が響汰くん？　いつも娘と息子がお世話になってます」

「あ、はい。昏本響汰です。こちらこそ澄さんと郁くんにはいつもよくしてもらって……」

丁寧なお辞儀に見惚れそうになって、慌てて頭を下げた。

綺麗で、そして若々しい人だ。

暁山とはそっくりで、隣に並ぶとまるで姉妹のようだ。

だが、暁山と違い表情は穏やかで、柔らかい印象を受ける。

「澄にも友達ができて嬉しいですよ。ほらあの子、とっても不愛想でしょう？　友達ができるか心配で……」

「あはは、俺以外にもいますよ。……数人」

「ふふふ、たくさんいなくてもいいの。信頼できる相手がいればね。響太くんみたいにいい子なら、澄のことも任せられます。どうかしら、うちの子をお嫁にでも……」

「えっ、いや俺たちは……」

最初はおしとやかな人に見えたけど、意外にも押しが強い。

俺たちのやり取りを見ていた暁山が、難しい顔をしながらため息をついた。

「だから会わせたくなかったのよ……」

こめかみをぐりぐりと指先で揉んで、暁山が俺たちの間に入ってきた。

切実な言い方だ。

「お母さん、その辺にして」

「どうしたの？　そんなに心配しなくても、私が響太くんを取ったりしないですよ？」

「そんな心配はしてないわよ！」

おお、暁山が翻弄されている。さすが母親だ。

暁山がツンケンしても、暁山の母親はニコニコしながら受け流している。

その様子を見ていたら、暁山が恥ずかしそうに頰を染めて、俺を睨んだ。

「響太は用が済んだなら帰りなさい」

「まったく済んでないけど!?」

肝心のバーベキューは始まってもいない。

「想夜歌(そよか)ちゃんだけは参加を許可するわ」

暁山(あきやま)はどうしても俺を帰らせたいらしい。

まあ、気持ちはわかる。自分の親なんて、友達と会わせたくないよな。俺も絶対嫌だ。

暁山も、母親の手前どんな態度を取ったらいいのか決めかねているようだ。

「ふふふ、澄(すみ)ったら照れちゃって」

「……そんなんじゃないわ」

母親に笑われて、暁山はバツが悪そうに頬(ほお)を掻(か)いた。

いつものトゲトゲした態度も、母親の前じゃ形無しだな。さしもの暁山も、母親には強く出られないらしい。

「おかあさん、そよかちゃんだよ」

郁(いく)が誇らし気に想夜歌を紹介している。そりゃ、想夜歌みたいな可愛(かわい)い子と知り合いなら自慢だよな！

待てよ？　これじゃあまるで彼女を紹介しているみたいじゃないか。

郁め、外堀から埋める作戦か……。止めたいけど、さすがにやめておく。

「そよかちゃん、ぼくのおかあさんだよ」

「いくママ？」

今度は、想夜歌に母親を紹介する郁。

想夜歌は暁山の母親に近づいて、右手を元気よく挙げた。

「いくのおともだちのそぉかです！」

「ご丁寧(ていねい)にありがとう。郁のお母さんです。これからも仲良くしてくださいね」

「うん！　あとね、そぉか、すみちゃんともおともだち！」

暁山の手を握って、想夜歌が言う。

「あら、本当？　澄ったら、こんなに小さなお友達もいるのね」

「そぉかはおとな！」

想夜歌と暁山はなんだかんだ仲がいいし、たしかに友達とも言える。

良かったな、暁山。友達が一人増えたぞ。

暁山も特に否定はしないみたいだ。にこやかに想夜歌を見ている。

自己紹介も済んだところで、暁山の母親が俺と想夜歌に軽く頭を下げた。

「響汰(きょうた)くん、想夜歌ちゃん、この前は郁の看病をしてくれてありがとう。私は仕事先にいてすぐには戻れなかったから、助かりました」

「いえ、困った時はお互い様ですから」

おっとりとしていて、聞き心地のいい話し方をする人だ。淡々としているのに、優しさが滲(にじ)

み出ている。

「謙虚ですね。でも、本当に助かったから、お礼させてくださいね。今日はごちそうするから」

「え、でも……」

「実は、もう食材も買っちゃいました。予約もしているので、早く行きましょう」

買ってきたばかりと思われるスーパーの袋を見せて、ちょっとお茶目に笑った。中には肉や野菜などの食材が見える。

これ以上遠慮するのも悪いので、ここはお言葉に甘えることにする。

「ありがとうございます。せめて、袋は持ちますよ」

「あら、頼りになりますね」

「任せてください」

重たい袋を受け取る。彼女は軽々と持っていたのに、持ってみると結構重たい。

「では行きましょう」

両手を合わせて、暁山(あきやま)の母親がそう言った。

受付を済ませ、エレベーターで屋上に上がった。食材は持ち込み自由で、三時間の時間制らしい。バーベキューをするだけなら十分な時間だ。

屋上にはいくつもバーベキューセットが用意されていて、俺たちの他にも数組の客が網を囲んでいた。

「暁山さん、焼くのは俺に任せてください」

「そう？　それなら、ここは若い子に任せましょうか。あ、それと、私のことは気軽に幸と呼んでくださいね」

「いいんですか？　わかりました、幸さん」

幸さんに許可を貰ったので、名前で呼ぶことにする。母親と同じくらいの年齢の女性を名前呼びするのは少々抵抗があるが、みんな苗字が暁山なので仕方がないだろう。

幸さんは美人だし優しいし、素晴らしい人だな……。

「ちょっと、人の母親になにデレデレしているのよ。寒気がするわ……。ロリコンなだけじゃなく、そっちの趣味もあったの？」

「どっちもねえよ……。アホなこと言ってないで、手伝え」

なぜか、暁山がイライラしている。

暁山は俺から幸さんを隠すように、間に立った。なにを心配しているんだ。

幸さんは幸さんで「私はフリーだから大丈夫ですよ」なんて、ちょっとずれたことを言っている。突っ込みづらいボケはやめてほしい。

「ふふふ、じゃあ私は、子どもたちとゆっくり待たせてもらいますね」

「はい、お願いします」

この人と接していると、不思議と安心感がある。

バーベキューは火を使うから、近づくと危ないからな。

「想夜歌ちゃん、いつもなにして郁と遊んでくれているの？　私、幼稚園にはあまり見に行けないから、教えてください」

「おしえてあげる！」

椅子に座った幸さんが、想夜歌に手招きした。

尋ねられた想夜歌はすっかり気分よくなって、郁との話を始めた。幸さんは優しい顔で、ふんふん言いながら聞いている。

さすが幸さん、子どもの扱いが上手い。

会ってまだ一時間も経っていないけど、俺の中で幸さんの評価がうなぎ登りである。

「郁、可愛らしいお友達ができてよかったですね」

「うん……！」

「郁が女の子を連れてくるなんて……なんだか感動しちゃいます」

「ぼくはつれてきてないよ……？」

「そうでした」

幸さんは二人の子どもを育てているベテランのお母さんなので、想夜歌も郁も安心して任せられるな。

俺は肉を焼くのに集中することにする。

「火加減は……良さそうだな」

網の下の炭はスタッフによってすでに点火されていて、いつでも焼けそうだ。

幸さんが弟妹を見てくれている間にさっさと進めようと、設備と食材の確認を開始した。

すると、暁山が近づいてきた。

「……なんでそんな微妙な顔をしてるんだ？」

「響汰が猫被っていると、無駄に爽やかで無性にイラっとするわね……。しかも相手が母っていうのが。母もよそ行きの喋り方だし」

「お前こそ、借りて来た猫のように大人しいじゃないか。いつものキレはどうした」

「母の前で変なことできないわ」

「いつもは変な自覚はあったのな……」

「ち、違うわよ。迂闊なことは言えないって意味よ」

さっき俺のことをロリコン呼ばわりしたのはもう忘れたのかな？

袋から食材を取り出しながら、こそこそと会話する。

「そうかよ……じゃあ暁山は……飲み物を入れてもらおうかな」

「わかったわ」

素直に頷いて、紙コップを手に取った。人数分並べたところで、首を傾げる。

「……簡単な作業を回されてないかしら」

「バレたか」

正直に白状する。

とはいえ、飲み物を出すのも大切な仕事だ。日差しも強いので、水分はしっかり取らないといけない。

暁山は俺を睨みながら、渋々お茶を注いでみんなに配った。

「最初は普通にカルビでいいかな……」

俺は袋を漁りながら、使う食材はテーブルに、すぐに使わないものは氷の入ったクーラーボックスに入れていった。

戻ってきた暁山が、後ろから俺の手元を覗き込む。

「肉を焼くくらいできるわよ」

「焦がさずに？」

「ちょっと焦げているのも、バーベキューの醍醐味よね」

「意外と否定できない」

まさか暁山の苦し紛れの言い訳に納得させられる日が来るなんて……。

「まあ、せっかくのバーベキューだからみんなで焼いたほうが楽しいよな」

「郁の分は私が焼くわ」

「はいはい。じゃあ、野菜は俺が切っておくから、肉は頼んだぞ」

トングと牛肉のパックを渡す。

きちんと見ていれば、そうそう丸焦げになることはあるまい。火事とか起こさないでくれよ……？

「さて、俺は野菜を……」

バーベキューにはちょっとした拘りがある。友達と何度かやった程度の経験だけどな。ただ焼いてタレや塩コショウをかけるだけでも、雰囲気込みで美味い。けど、ちょっとした手間を加えると、もっと美味しくなる。

「ふふふ……さすが幸さん、良い食材チョイスだぜ……」

「お母さんとは初対面じゃないの……」

野菜たちの顔ぶれを見ているだけで興奮してくるな。

想夜歌が大嫌いなピーマンもある。夏の焼きピーマンは最高なんだけどな……。

「というか、お母さんを名前呼びとかしないでちょうだい。気味が悪いわ……」

「酷い言い草だな。幸さんから頼まれたんだから仕方ないだろ」

「喜んでるくせに……。それに、私のことは苗字で呼んでいるのだから、今さらでしょう」

「なんだよ。お前も名前で呼んでほしかったのか？」

「……そういうわけではないわ」

煮え切らない様子の暁山が肉に集中しだしたのを見て、俺も作業を開始する。

クーラーボックスからしゃぶしゃぶ用の薄い豚肉を取り出した。

「……？　肉なら私が今焼いているわよ」

「まあ見てろって」

俺が選んだのは、アスパラガスとナス、それからエノキとエリンギだ。

まずはエノキ。石突を切らずに、エノキがばらけないようにしっかり豚肉を締めながら巻いていく。その後、一口大にカットして石突も落とした。こうすることで、エノキがバラバラになるのを防げる。

ナスとエリンギは、縦に切ってから肉を巻いて、同じように一口大にした。

アスパラガスはそのまま、肉を巻くだけだ。

最後に串を刺して完成。

「どうだ、野菜の肉巻きだ」

「キノコは野菜じゃないわ」

「そこはどうでもいいだろ……」

もっと感動してくれると思ったのに、反応が薄い。

この綺麗な巻き加減がわからないのか？　見た目を美しくするの、結構難しいんだぞ。

……玉子焼きでも似たようなこと言った気がするので、解説するのはやめておこう。

「これは俺が焼くからな。絶対に手を出すんじゃないぞ」

油断するとすぐ網にくっついて、剝がすときに形が崩れるので肉巻きは大変なのだ。塩コショウを適量振りかけて、網に乗せた。

ここからは真剣勝負だ。バーベキューは男の戦争である。

「……ふふっ」

その様子を見ていた暁山が、突然笑いだした。

「……なに今の悪役みたいな笑い方」

「そんな笑い方してないわよ。ただ、響汰も結構子どもっぽくて可愛いのね、と思っただけ」

「お、おう……。可愛いとか言われてもまったく嬉しくないな」

こいつ、暑すぎて判断能力が低下してるんじゃないか？　今日はここ最近の真夏日と比べると、比較的涼しい日なのに。

「そういえば、幸さんいい人だな」

「えっ」

「そんなドン引きしなくても、変な意味じゃねえよ……。暁山からあんまり話聞いたことなかったけど、普通に良いお母さんだなって」

今も、想夜歌と郁の面倒を見てくれている。

郁の顔を見ると、相当信用しているのがわかる。いつもは大人びた郁も、母親の前では子どもっぽくなるらしい。新しい発見だ。

郁は、母親の料理については、特に全幅の信頼を置いているからな。反対的に、暁山の腕前には信頼ゼロだけど。

「そう、ね」

俺の言葉に、暁山は切なそうに笑った。

「良い母だとは思うわ。母親としては文句のつけようがないくらい」

べた褒めなのに、どこか含みのある言い方だ。

幸さんはシングルマザーとして子育てをしながら、フルタイムで仕事をしている。それでいて、料理や家事もこなし、郁のこともちゃんと見ている。

暁山とだって、良好な関係に見える。

うちの母親とは大違いだ。……どうしても、比べてしまう。

「それはどういう……」

「ごめんなさい、なんでもないわ。それより」

ちらりと、暁山が俺の手元を一瞥する。

「ずいぶんと高火力で焼くのね」

「ん？　——あああ!?」

俺の串が大炎上していた。

炭から火が立ち上り、肉を包み込んでいる。

「俺の肉巻きがあああ！」

慌てて串を摘まみ上げて、別のところに移動させる。ひっくり返すと、やや焦げているが許容範囲内だ。ほっと息をついて、額の汗を拭う。

炭火焼の難しいところだな。すぐ火が強くなってしまう。

「危ないところだった……」

「私のおかげね。焦がさないで焼く方法を教えてあげましょうか？」

「くっ……」

ここぞとばかりに、上から目線で言ってくる。

いつもは俺がカッコつけて教えている立場だから悔しい。

暁山が意味ありげなことを言うから、ちょっと気を取られただけだ。

「見なさい、私のほうは綺麗に焼けたわ」

「へいへい、すごいっすねー」

「郁にあげてくるわ」

めちゃくちゃバーベキュー楽しんでるよな、こいつ……。

最初は母親同伴なんて気まずいと思ったけど、来てよかった。

「想夜歌、すぐ俺の肉も持っていくからな！」

想夜歌がお腹を空かせて待っている。

俺の肉巻きもそろそろ焼き上がるので、早く食べさせてあげないと。

紙皿に乗せて、幸さんと想夜歌の元に運んだ。

「お兄ちゃん、すみちゃんのおにく、おいしいよ」

「きょうた兄ちゃんのもたべたい！」

「そぉかもたべる！」

二人とも大喜びだ。焼いた甲斐があったな！

「想夜歌、さらに肉の追加だ」

「あすぱらはいってる！　おにく、たくさんくる。ばーべきゅー、すごい」

外で遊びながら肉を食べられる素敵イベントだ。危ないから焼くのはまだやらせられないけど、想夜歌も楽しんでくれているようでなによりだ。

「響汰くん、とっても上手ですね。好きで料理しているのがわかります」

「あ、ありがとうございます……！　でも、好きっていうよりやらざるを得なかったというか」

「最初はそうでも、やっているうちに好きになったのでしょうね。あるいは、食べてもらうのが好き、とか」

俺が料理をしているのは、母さんがしないからだ。自分が生きていくためには、するしかなかった。……レトルトや総菜で済ませなかったのは、母さんへの反発心があったからだ。

ネガティブな理由で始めた料理も、想夜歌のために作るのは楽しかった。それに、暁山や郁に作るのも。

それを見透かされたようで、少し照れ臭い。

「さすが、澄が手放しで褒めるだけありますね」

「待って、お母さん。私は褒めてなんかないわ」

「そうだった?」

「ええ。ちょっとだけ、認めていなくはないけれど……」

「ふふふ、澄が友達のことを話すことなんて、特にここ数年は滅多になかったから、嬉しかったですよ」

「……友達じゃなくて、ママ友よ」

母親の前だと、暁山も大人しい。気まずそうに、前髪をいじっている。

幸さんは穏やかな笑みを崩さないまま「そうだ」と両手を合わせた。

「二人がママ友ってことは私もママ友ですよね? ほら私、郁のお母さんだし」

「え? たしかに、そうなるのかしら……」

「こんな可愛いママ友が二人もできるなんて、嬉しいです。響汰くんも、いいですか?」

俺と暁山は、互いの関係をママ友と呼んでいる。

弟妹の幼稚園が同じで、彼らを通じて関わっているだけだからだ。ママではないけど、関係性はママ友そのもの。

だから、同じく郁の母親である幸さんも、ママ友には違いない。

「は、はい。もちろ――」

「だめ」

俺が幸さんに頷こうとしたら、暁山が遮った。

暁山は唇をきゅっと横に結んで、Tシャツの裾を握りしめている。

「だめよ。響汰は私の……」

俺たちの席だけ、時が止まったかのようだった。ぱくぱくと肉を頬張っていた郁と想夜歌も、思わず手を止める。

「暁山？」

「あっ……えっと、違うの。その……そうよ、響汰が私のお母さんとママ友になるなんて、ぜったい許可できないわ。人の母親に近寄らないでちょうだい」

みんなの視線に気が付いた暁山が、早口で弁解する。

「お、おう。まあ俺はどっちでもいいけど……」

「響汰は女なら誰でもいい変態なのだから、私がお母さんを守らないと」

「もしかして年齢の下限も上限もないと思われてる？」

心外すぎる。新たに不名誉な称号が与えられそうだ。

俺に幸さんを取られるとでも思ったのか？　たしかに幸さんは素晴らしい母親だし、優しくて包容力があって、できればうちの母親になってほしいくらいだけど……。いや、案外ありだな？

「幸さん、ママ友とは言わず、僕のお母さんになってくださいっ」

「ふつつかな母ですが……よろしくお願いします」

「ありがとうございますっ」

クラスメイトの母親が俺のお母さんになりました。

これが略奪親子愛……？　二回攻撃のほうじゃないぞ。

「ふざけすぎよ。お母さんも乗らないで」

暁山が呆れたように肩を竦める。

もちろん、冗談だ。ただのくだらないやりとりのつもりだった。

「やだ」

しかし……ずっと黙っていた想夜歌が短くそう言って、顔をくしゃっと歪めた。

「いくママが、そぉかのママはやだ……」

ぽろりと一粒の涙が流れ落ちる。

「そぉか、ママ、いるもん」

「想夜歌……ごめんな。幸さんは郁のママだもんな」

「そうだよ。そぉかは、そぉかのママがすき」

こんないい母親がいたら、想夜歌も……なんて、俺の勝手な決めつけだったみたいだ。

あんなロクに帰ってこない人でも、想夜歌にとってはたった一人の、大好きな母親なのだ。

……余計なことを言って、想夜歌を傷つけてしまった。

「そよかちゃん、よしよし」

俯く想夜歌の頭を、ちょっと背伸びした郁が優しく撫でた。

「いく……」

「そよかちゃんは、ママのことがだいすきなんだよね？」

「うん！　ママ、だいすき」

「じゃあ、きょうのことも、たくさんおはなししようね」

「おはなし！　する！」

郁のおかげで、想夜歌に笑顔が戻った。

その間、俺は動けなかった。

ああ、ダメだ。母さんのことになると、俺はどうにも冷静ではいられない。

いつもなら、想夜歌が落ち込んだりすれば真っ先におどけて、想夜歌を笑わせようとするのに……。先日の母のシャワーを想夜歌が待つと言った時も、親子遠足の時も。

母さんを求める想夜歌に、どう声をかければいいのか、まったくわからないのだ。

「お兄ちゃん、おにく！」

「……あ、ああ。今すぐ焼くからな！　想夜歌のためなら、何枚でも焼くぞ！」

「たくさん？　ひゃくまいくらい？」

「いいや、無限だ」

「むげん！　そぉか、おなかばくはつする」

あまつさえ……想夜歌に気を遣われる始末だ。

これで親代わりなどと名乗っているのだから、笑える。

……ダメだ。自己嫌悪をしたって、意味はない。

たとえ母親にはなれなくたって、俺は俺のできることをするしかないんだ。

「よしっ」

頬(ほお)をぱちんと叩(たた)いて、再び肉と野菜を手に取った。

「まだまだ焼くぞ！　想夜歌、郁、どんどん渡すからついてきてくれ」

「まかしぇろ。ぜんぶたべます」

俺の言葉に、想夜歌が頼もしく答えてくれた。

そして、再び戦いが始まった。

「くるちぃ……。たべすぎて、そぉか、おにくになっちゃう……」

「安心しろ、想夜歌。人間はもともとお肉だ」

「そぉか、ばーべきゅーにされる……?」

「焼かないよ!?」

想夜歌がお腹を押さえて、幸せそうに呻いている。郁も満足げだ。

暁山は早々にギブアップしたので、結局俺がほとんど食べたな……。

食材はすっかりなくなり、制限時間まであと少しになった。

美味しかったし、俺も大満足だ。

「機材は店が片付けてくれるとはいえ、ゴミとかは軽く処理したほうがいいよな……」

「そうね」

嵐が去ったあとのような惨状を見ながら、暁山と頷き合う。

テーブルの上は紙皿や紙コップなどが散乱している。使った身としては、そのまま帰るのは忍びない。

暁山と二人で、ゴミをまとめて、ビニール袋に入れていく。

「響汰くん、プラスチックはこっちでいいですか?」

「あ、はい。ありがとうございます!」

幸さんが立ち上がって、手伝ってくれる。

「今日はありがとうございました。幸さんのおかげで、めちゃくちゃ楽しかったです」

予約も準備もしてくれたし、子どもたちをずっと見ていてくれたから幸さんには助けられてばかりだ。

「楽しんでもらえてなによりです」

「はい。それに、全部やってもらっちゃって……」

「それは私から誘ったのだから、当たり前です。お礼ですから」

そういえば、郁の看病のお礼という趣旨だった。

別にお礼なんて必要なかったけど、暁山と郁には想夜歌が世話になっているからな。幸さんに挨拶（あいさつ）ができてよかった。

「私も、今日は楽しかったです。あの人が生きていれば、こんな感じだったのかなぁ……なんて思って」

幸さんが遠くを見つめながら、目を細めた。

「澄（すみ）と郁がいて、あの人がいて、友達とバーベキュー……そんな妄想をしてしまいます」

あの人、とは暁山と郁の父親で、幸さんの旦那（だんな）さんか。あまり詳しくは聞いていないけど、郁が生まれる直前に、事故で亡くなったのだという。

おっとりしていて優しいのに、どこか陰がある雰囲気（ふんいき）なのは、そのことが原因なのだろうか。今日も時々、悲しそうな顔でぼーっとしている時があった。

「幸さん……」

……反応しづらい。

俺はなんと答えたらいいのかわからず、言葉を濁した。ビニール袋を結ぶ作業に入ることで、忙しい風を装う。

「澄が響汰くんを信頼するのもわかります。響汰くんは、どことなくあの人に似ているから。郁も接しやすいでしょう」

「……似てないわよ。これっぽっちも」

「そう？　子どもへの話し方とか、そっくりだと思います」

暁山が嫌そうに眉間に皺を寄せた。

「……やめましょ。響汰も困っているわ」

「あ、ごめんなさい。私ったらまた暴走して」

「本当よ。余計なことばっかり言うんだから……」

おっとりした幸さんと、クールな暁山。全然違うように見えるけど、なんだかんだ相性はいいようだった。

暁山の家庭は、たしかに色々あったし今も楽ではないのだろうけど……俺には、幸せそうに見える。少なくとも、雰囲気は悪くない。

暁山も、母親と一緒にいることに照れてはいるが、本気で嫌がっている感じではない。

俺のイメージする、普通の幸せな親子の姿だった。

「……他人を羨(うらや)んでも仕方ない、か」

誰にも聞こえないくらいの声で、小さく呟(つぶや)く。

比べたって仕方ない。大事なのは、想夜歌(そよか)に寂しい思いをさせないことだ。

「よし、片付けはこれくらいでいいだろ」

「そうね。炭や網の処理は、お店の人に任せましょう」

「ああ。無駄に手を出すより、プロに任せたほうがいい」

持ち物も必要なく、食材も一階にあるスーパーで揃(そろ)うという、完璧(かんぺき)な施設だった。バーベキューといえばもっと面倒なイメージがあったけど、これなら気軽に来られるな。

また、今度は瑞貴(みずき)たちも呼んで大勢でやりたい。

「想夜歌、動けるか？　そろそろ帰るぞ」

「おにくがしゃべってる……」

「ついにお兄ちゃんのこと、喋(しゃべ)る肉だと認識し始めたか……」

お腹いっぱいで苦しいのと眠気で、想夜歌の意識が朦朧(もうろう)としている。

この様子だと、夕飯は必要なさそうだな。

帰ったらゆっくりしよう。

ぐったりする想夜歌を背負って、荷物を持った。

「響汰(きょうた)くん、これからも郁(いく)と澄(すみ)をよろしくね」

「任せてください。郁は俺が守ります」

「娘も守ってあげてください」

「いえ、むしろ娘さんから郁を守らないと……」

「まあ」

今日も、生のナスを郁に食べさせようとしていた。放っておいたら郁が危ない。

「あとで覚えてなさい」

耳元で、暁山(あきやま)が囁(ささや)いた。

ごめん、守る前に俺が殺されるかも。

「それと、響汰くん」

最後に、幸(さち)さんが俺を呼んだ。

「はい？」

「家族は大切にしてくださいね」

「もちろんです。想夜歌(そよか)はなによりも大切ですから」

「想夜歌ちゃんだけじゃありませんよ」

おっとりと微笑(ほほえ)む幸さんだけど、その目はどこか真剣だった。

言っている意味がよくわからず、言葉を詰まらせる。

「えっと……？」

「お母さんのことも、お父さんのことも、です。……澄から少し聞いたくらいで詳しいことは知らないので、聞き流してもらっても構いませんが」

「……でも、向こうにその気がないんじゃ」

「だとしても、家族は家族です。子どものことが嫌いな親はいませんよ。ただちょっと、接し方がわからないだけだと思うんです」

幸さんの言葉に、暁山も気まずい表情をする。二人の間にも、外からは見えないなにかがあるのかもしれない。幸さんの言い方には、実体験が含まれているような気がした。

接し方がわからない？　たしかに嫌いではないだろう。母さんは、興味がないだけだ。

……俺はそう思うのだけど、同じ母親である幸さんは、違う捉え方をしているらしい。

「……そうですね」

母さんのことを信じる気は微塵もないが、幸さんの言葉なら、素直に受け止めてもいいかもしれない。

「なんて、ごめんなさいね。今日会ったばかりなのに。歳を取ると、どうも説教くさくなってしまって」

「いえ、助かりました。俺は俺の家しか……俺の母親しか知らなかったので。少し、考えてみようと思います」

「ぜひそうしてください」

幸さん、本当に良い人だな……。

これぞ母親、といった感じの人だった。

「じゃあ、帰るか。想夜歌」

暁山一家は徒歩で帰るというので、ビルの前で挨拶して別れる。

たくさん遊んで、たくさん食べて、想夜歌は満足げだ。

「たのしかった……」

「そうか、良かったな」

「うん。いくママ、やさしい」

「ああ、いいお母さんだ」

「そぉかのママとも、ばーべきゅー、したい」

「……そのうち、誘ってみような」

入園式の時も、親子遠足の時も、今日も。

想夜歌は他の母親を見て、寂しい思いをしている。

俺はそれ以上なにも言えなくて、話を逸らしながら帰った。

八章　妹のために……。

The Love Comedy Which Nurtured With a Mom Friend

「あめだ！」

傘を開きながら、想夜歌がきゃっきゃと喜ぶ。

月曜の朝から雨とは、ついてない。

雨用の自転車のカバーも持っているけど、視界が悪くなって危ないので急ぎの時以外は使いたくない。雨の日はいつもより早く出て、想夜歌とのんびり幼稚園へと向かうことにしている。

先週までは晴れの日も多かったが、梅雨も本番に入ったのか今週は雨が多そうだった。

「想夜歌、走ると危ないぞ」

「はしってない。お兄ちゃんがおそいの！」

想夜歌は長靴でパシャパシャと水たまりを踏んで、にこにこ笑っている。傘を肩に乗せ、くるりと回した。そのまま身体も回して、俺に笑顔を向ける。可愛すぎる……。

まるで写真集の一ページのような光景だ。

雨模様すらも、想夜歌を映えさせる背景になるんだな……。

「みて、かたつむり！」

近所の塀を歩くカタツムリを発見した想夜歌が、俺に報告してくる。

「かわゆい」

「そうか……？　汚いから触らないようにな」

「はーい」

ほとんどナメクジだと思うんだけど、想夜歌からしたら可愛いらしい。

なにげない移動時間も、想夜歌と一緒だと楽しいな！

「想夜歌、そろそろ誕生日だな」

「そぉか、うまれる？」

「そうだ、想夜歌が生まれた日だな。盛大にパーティーをやろう」

「ぱーちー！　たのしみ」

想夜歌の誕生日は今週末だ。晴れて四歳になる。

なぜか国民の休日に登録されていないんだけど、今回は土曜日なので問題ない。

まったく、全国民が讃えるべき素晴らしい日だというのに、なんで祝日じゃないんだ。

「けーきある？」

「もちろん」

「そぉかね、いちごのけーきがいい」

「オッケー、イチゴね」

去年もたしか、イチゴのショートケーキだったよな。

ケーキ屋で予約しておかないと。もちろん、可愛(かわい)い誕生日プレート付きで。

「あとねあとね、ぷれぜんと、ある？」

「もちろんあるぞ！　なにかほしいものはあるか？」

「だいや」

「港区女子かな？」

ノータイムで宝石を要求してくるとは、なかなか将来有望である。

想夜歌(そよか)の彼氏になる男は大変だな……。は？　彼氏なんて作らせないけど？

「なにがいいかなー」

「想夜歌が望むなら、世界の一つや二つくらい用意してみせよう」

去年はぬいぐるみと、おままごとに使える小道具だった。今もよく遊んでいる。少しくらい値が張っても、これだけ長く遊んでくれるのなら安いものだ。

四歳の誕生日ってなにがいいんだろう。無難にぬいぐるみや人形、おもちゃでもいいし、簡単なパズルなどの知育玩具を与える家庭もあると聞く。

実は何か月も前から……いや、なんなら去年の誕生日が終わった直後からプレゼントを考えているけど、なかなか決めあぐねている。

「想夜歌が一番喜ぶもの……」

「ちょこ?」

「たしかに、チョコレートは大好物だからめっちゃ喜ぶよな」

日常的に食べているから、プレゼントには向かないけど。

もっと誕生日ならではというか、特別感のあるものがいい。

「ちょこ、たべほうだい?」

「チョコから離れよ?　虫歯になるぞ」

話しながら歩いていると、幼稚園までの道のりなんてすぐだ。

想夜歌は放っておくとふらふらとどっかに行ってしまうので、注意する。まあ、俺が想夜歌から目を離すわけないんだけど!

特に傘を差していると、視界が悪くなるし道路側にはみ出しがちだから危険なのだ。

車通りが少ない住宅街とはいえ、油断できない。

「ねえね、お兄ちゃん」

「ん?」

「たんじょーび、ママくる?」

張り付けたような痛々しい作り笑い。諦めたように口元だけ歪めて、それでも一縷の望みをかけて尋ねる。……なんで子どもに、こんな顔をさせないといけないんだろう。

ああ、想夜歌にとって一番嬉しいプレゼントは、物なんかじゃないのだ。

この前は返事を濁したその質問。今回も、俺は即答できない。

「想夜歌(そよか)……それは……」

嘘(うそ)をつくのは簡単だ。

来るよ、と一言伝えるだけで、想夜歌は弾(はじ)けるように笑って、楽しい気持ちで幼稚園に行ける。誕生日当日までは良い気分のまま、ご機嫌で過ごせる。

ちょっと来られなくなったみたいだ、残念だな、母さんも来たかったって言ってたぞ……なんて、当日に言えばいい。そうだ。簡単な嘘だ。

「言えねえよ……」

しかし、それをしてしまえば……想夜歌は心に深い傷を負うだろう。そしてそれを隠して、きっと無邪気に笑ってくれるに違いない。無理やり作った、子どもっぽい笑顔で。

その後に絶望することが確定しているのに、嘘で希望を持たせることが、果たしていいことなのか。

「お兄ちゃん？　ないてるの？」

足を止めて、右手で顔を隠した俺に、想夜歌が心配そうに尋ねる。

「泣いてないよ。雨が目に入っただけだ」

「なんてこった。お兄ちゃん、かさ、へたっぴ？」

「雨はな、子どもには優しいけど、大人には横から攻撃してくるんだ」

「よこから！　そぉか、よけます」

想夜歌はしゅっしゅっと口で言いながら、小刻みにステップしている。

こういうしょうもないことは口からすらすら出てくるのに、大事なことは言えない。

でも、言わなくちゃいけないよな。

「想夜歌」

「んー？」

俺は奥歯を強く噛みしめて、想夜歌と目線の高さを合わせた。

「誕生日だけどな、ママは来られないみたいだ」

「……そっか」

「でもほら、俺はいるからさ！　ケーキもたくさんあるし、プレゼントもいっぱい買おう。土曜日だからお出かけをしてもいいな。お弁当だって作る。そうだ、お友達を呼んでもいいぞ」

こんなことで想夜歌の気持ちは晴れないとわかっていても、俺にはこれしかできないのだ。

言葉を止めたらなにかが壊れてしまうような気がして、俺はひたすらに、楽しい誕生日をアピールした。

「うん」

想夜歌は、短く頷いた。

「そぉか、たんじょーびたのしみだよ」

「そ、そうか！」

「……ママがいなくても、そぉか、だいじょぶ」

口をきゅっと結んで、想夜歌(そよか)が歩きだす。

目元には涙が浮かび、今にも泣きそうだ。途中で躓(つまず)いて、身体(からだ)を地面に打ち付ける。

「ぐべ」

「想夜歌！」

「だいじょぶ」

子どもなのに、泣かないのは強さじゃないと思う。

転んだ拍子に、傘の骨が一本折れてしまった。お気に入りの傘なのに、想夜歌は気にせず歩き続ける。

俺は想夜歌の背中に、なにも声をかけられないまま、幼稚園についた。

「はぁ〜〜〜」

教室の机に突っ伏して、深くため息をつく。

結局、午前中の授業には身が入らなかった。昼休みになっても、弁当に箸(はし)を付ける気にもなれない。

気を落としているところに、瑞貴(みずき)と柊(ひいらぎ)がやってきた。最近は暁山(あきやま)も加えた四人で雑談していることが多い。今は、暁山は席を外しているようだが。

「響汰がテンション低いなんて珍しいね」

「想夜歌ちゃんと喧嘩でもしたんじゃない？　くれもっちゃんが落ち込むのなんてそれくらいでしょ」

柊がスマホを片手に、鋭いことを言う。

喧嘩したわけではないが、別れ際の想夜歌の顔が忘れられないのだ。泣きそうな想夜歌の横顔が、瞼の裏で何度も再生される。

いっそ、誕生日が特別な日であることを教えないほうが幸せだったのではないか、そんな考えすらも浮かぶ。去年の誕生日も母さんはいなかったから、俺が一人で盛大に祝ったものだ。

一つずつ大人に向けて歳を重ねていく大切な日は、やはり大事にしてあげたい。いつか想夜歌がその記憶を忘れてしまうのだとしても、きっと感情は忘れないと思うから。

俺ができることなら、なんだってするつもりだ。

……でも、俺は母親にはなれない。想夜歌には楽しい気持ちで誕生日を迎えてほしいのに、一番欲しいものは、俺ではどうしようもないのだ。

「なあ、やっぱ誕生日って親に祝ってもらいたいものだよな？」

「あー……」

なにか察したのか、俺が尋ねると柊が目を泳がせる。

うちの母親がろくに帰って来ないのは、柊も知るところだ。すぐに、思い至っただろう。

代わりに、瑞貴が口を開いた。

「響汰はどうだったの?」

「俺の時は、いないのが当たり前だったからな。特に何も感じてなかったよ。朝起きたらテーブルの上に封筒が置いてあって、好きな物買っていいよって書き置きがあるだけ」

俺にとっての誕生日は、普段と変わらない一日だった。

お小遣いにしたって、普段から生活費と称してお金は受け取っていたから、その額が少し増えたくらいの認識だ。

友達の話を聞いて羨ましく思ったこともある。

でも、別の世界の話のように思っていた。祝ってもらった記憶すらないので、その感情を知らないからだ。

「うーん、難しいね。今となっては誕生日なんて大したイベントじゃないけど、子どもの時は喜んでいた気がするなぁ」

去年、瑞貴の誕生日には女子から大量のプレゼントが届いていたが、あれを大したイベントじゃないと言ってのけるのはさすがである。女性陣からしたら、どう見ても一大イベントだった。

「私は誕生日めっちゃ好きだったよー。というか、今も好き!」

「そうなのか」

「うん。毎年、材料買ってきてママと一緒にケーキ作るの。最初は乗せるだけの簡単なケーキだったけど、今ではハマっちゃって、毎年クオリティが上がってる」

金額もね、と柊が笑う。

ケーキ作りか。去年はケーキ屋で選んだけど、今年は想夜歌と一緒に作るのもアリだな。また一つ、想夜歌の才能が開花する予感がする……！

あいにく作り方はわからないが、何もスポンジを焼くところから始めるわけではない。生クリームとフルーツを盛りつければ、それなりにはなるだろう。

母さんが来られないという問題はなに一つ解決していないが、楽しいことがあれば少しは気が紛れる気がする。

「ありがとう、二人とも。参考になったよ」

「あれだったら、ケーキ私が作ろうか？　想夜歌ちゃんのためなら、私頑張っちゃうよ」

「柊……いや、でも、とりあえずはいいや。想夜歌の誕生日は、俺が楽しませてあげたいし」

「そっか。なんかあったら、いつでも言ってね？　荷物持ち一回で引き受けてあげよう」

純粋な善意で言ってくれていることは、柊の表情からよく伝わる。なんだかんだ、優しいんだよな。

だからこそ、ここで甘えるわけにはいかない。

母さんのことは、今回だけじゃなくずっと付きまとう問題だ。俺の力で解決できなければ、今後も誰かに頼り続けることになる。

「ありがとう」

「え、あ、うん。くれもっちゃんがローテンションだと調子狂うなぁ」

柊が腕を組んで苦笑する。

ローテンション、か。俺は元々、今みたいにいつもテンションが高いタイプではなかった。

学校では当たり障りなく過ごして、学校が終われば誰もいない家に帰り、一人で飯を食う。たまに当てもなく夜の公園に出てみたり、無為にゲームをしたりして、必要もないのに夜更かししてから寝る。

そんな、つまらない日々を送っていたのだ。

俺の人生が明るくなったのは、想夜歌が生まれてから。

想夜歌と一緒にいない時だって、想夜歌のことを思えばテンションが上がった。写真を見れば、頑張ろうって思えた。生活は想夜歌が中心になって、料理もやる気が出た。

想夜歌のおかげなんだ。俺が楽しく過ごせるのは。

だから、想夜歌にあんな悲しい顔なんて、絶対させたくない。

俺にできることだったら、人生をかけてでもなんでもやってみせるのに……。

「すまん、ちょっと午後の授業は休むわ」

頭の中をぐるぐると嫌な感情が駆け巡って、気分が悪い。

どうせ教室にいても集中できないし、空気を悪くするだけだ。

一人になって、冷静になろう。

「え？　これから授業だよ？」

「悪い、キジちゃんには適当に言っといて」

「それはいいけどさ……」

柊(ひいらぎ)が心配そうに眉を下げる。

午後の授業を休んだところで、なにも変わらない。合理的に考えればそうだけど、とにかく時間が欲しかった。

「響汰(きょうた)」

「……なんだよ、瑞貴(みずき)」

「たっぷり時間はあるだろうから、想夜歌(そよか)ちゃんの写真でも見てのんびりしなよ。今日、まだ一回も開いてないでしょ」

瑞貴はそう言って、俺の肩をぽん、と拳(こぶし)で軽く叩(たた)いた。

たしかに、見てないかもしれない。自分ではまったく気が付かなかった。

「さんきゅ」

「どういたしまして」

短く礼を言って、カバンを持ち教室を出る。

別に早く出たってすることなんてないが、とにかく外に出たかった。

雨はまだ止まない。傘を差して、歩き出す。

足は自然と幼稚園のほうに向いていた。

バスには乗らず、とぼとぼと歩みを進める。いつもは一秒でも早く着こうと急ぎ足で向かう道のりなのに、むしろ着かないことを願っている。

こんなにも帰りの足取りが重たいのはいつ以来だろう。想夜歌が生まれる前か。

「想夜歌……」

瑞貴から言われたことを思い出す。

歩きながらスマホを開いた。

その瞬間、画面いっぱいに一覧が表示される。想夜歌の笑顔が、いくつもいくつも現れて、俺に笑いかけた。

どの写真も、死ぬほど可愛い。

「くっそ……」

想夜歌に俺はこんなにも助けられているのに、俺では、想夜歌の笑顔を守れない。

そのことに、強く打ちひしがれる。

ブーっとクラクションが鳴った。驚いて、歩道側に寄る。

「ふらふら歩いてんじゃねえ！　あぶねえぞ！」

トラックの運転手がそう怒鳴って、走り去っていった。

「あ……スマホが！」

飛びのいた時に、スマホを落としてしまったようだ。

水たまりに落ちたスマホを、慌てて拾い上げる。画面は消えていた。

「嘘だろ……」

電源ボタンを押しても、うんともすんとも言わない。

衝撃のせいか、水没か。理由はわからないけど、故障してしまったらしい。

「想夜歌の写真が……いや、家に帰ればバックアップがある……けど……」

完全に消えてしまったわけではない。スマホなんて、また買えばいい。

でも、タイミングが悪い。

ただの俺のうっかりミスだけど……このタイミングで壊れるって、まるで想夜歌が俺の手から零れ落ちていくみたいじゃないか。あるいは、想夜歌が逃げるみたい。

そんな迷信じみた解釈をする気はないけど、どうしても脳裏にちらつく。

「俺にどうしろっていうんだよ……」

スマホをカバンに入れて、呆然と足を進めた。

どれくらい時間が経っただろう。

気づけば、幼稚園近くの公園前にいた。

「……お迎えにはまだ早いよな」

当然だ。昼休みの途中で出てきたのだから。

公園には小さな休憩所があって、屋根があり雨宿りができるようになっていた。

傘を閉じて、その中に入る。

ベンチに腰かけて、地面に視線を落とした。

俺はなにをやっているんだろう。こんなところでくよくよしていたって、なにも解決しない。授業を休む意味なんて、これっぽっちもない。

そう頭ではわかっていても、身体(からだ)がだるくて仕方がなかった。

「なあ、想夜歌……俺がママになるんじゃダメか？　俺なら、いくらでも一緒にいるし、いつでも駆け付けるし、なんでも受け入れるからさ」

迎えに行けば、想夜歌は変わらず明るい顔を見せてくれるだろう。それこそ、母さんと話す時のような。

でも、それじゃあダメなんだ。

そんなの、四歳にもなっていない子どもに、大人になることを強制するようなものじゃないか。

想夜歌にはまだまだ、純粋な子どもでいてほしいのに。

「想夜歌(そよか)……想夜歌……っ」

考えろ、俺にはなにができる？

たかが誕生日、されど誕生日。想夜歌の特別な日を、どうすれば成功に導ける？

鼓膜を叩(たた)く雨音もだんだんと弱くなっていった。

「……そんなところでなにをやっているのよ」

ぶっきらぼうな声が、頭上から振りかかる。

「……暁山(あきやま)」

顔を上げると、眉を下げて微笑(ほほえ)む暁山がいた。

「そんな汚い顔で幼稚園に行くつもり？　園児のトラウマになるわ」

「……別に、泣いてねえよ」

「涙なんて綺麗(きれい)なものじゃないわ。汁ね」

「ほんとに汚えな……」

暁山が憎まれ口を叩きながら、ハンカチを差し出した。

無言でそれを受け取り、目元を拭(ぬぐ)う。

時計を見ると、まだ五限目の時間だった。驚いて、暁山の顔を見る。

「え？　授業は？」

「抜けてきたわ」

「は？　なんで？　まさか、また郁になにか？」

　優等生の暁山が授業を抜けるなんて、郁絡み以外ありえない。郁が風邪を引いたという連絡で早退した事件も記憶に新しい。

　俺が呆けた顔をすると、暁山が頬を少しだけ綻ばせた。

「郁にはなにもないわよ。私は、響汰を追いかけてきたの」

「……俺を？」

「そうよ。響汰が深刻そうな顔で早退したってひかるから聞いたから。連絡しても全然繋がらないし」

「あっ……スマホ壊れて」

「幼稚園に行ってもいないし。まさか、こんな場所でサボっているとは思わなかったわよ。捜したわ」

「そうだったのか……すまん。でも、子どもじゃないんだし、別に捜さなくても……」

「今の姿を見て、むしろ捜して正解だったと確信を持ったのだけれど？」

　そう言われると、返す言葉もない。

　一人になって、余計なことを考えすぎた感じはある。別に状況は今までと変わってないけど、今朝のことでつい思い悩んでしまったのだ。

「ねえ、響汰。私に言ったわよね。一人で悩むな、頼れって」

「……ああ、そうだな」

「それなのに、響汰は私に頼ってくれないの？　たしかに、響汰は私よりも料理は得意だし、家事も子育てだって、一歩先に行っているかもしれない。しっかりしていて、大人かもしれない。私のことを下に見ているんでしょう？」

「そんなことは……！　暁山のことは、めちゃくちゃすごい奴だと思ってるよ。俺の家事なんか、ただ惰性で長くやってるってだけだ。暁山みたいに、なんでも全力で頑張れるのは、俺なんかよりよっぽどすごい」

昔から、なにかに全力になるということはなかった。器用貧乏なタイプだったから、それでも困ることはなかったけれど。

そうだ、想夜歌のこと以外、俺はなにも頑張れないんだ。

だから、暁山より優れているなんて思っちゃいない。

「でも……これは俺の問題なんだ。俺がなんとかしないと」

「それ、私が響汰に否定された言葉だと思うのだけれど」

「あの時とは状況が違うだろ。想夜歌の感情の話なんだ。想夜歌のことをわかってやれるのは、俺しかいない。誰かに代われるものじゃないんだよッ」

「いいえ、同じよ。いい？　私は想夜歌ちゃんの話なんてしてないわ。状況も、話してくれないから知らない。私が言っているのは、響汰のことよ」

暁山が俺の両肩を摑んで、顔を覗き込んだ。俺に覆いかぶさるような体勢だ。

きっと、今の俺は酷い顔をしているだろう。

せっかく心配して来てくれた暁山に八つ当たりして。差し出された手を振り払って。

ああ、最低な男だ。暁山からも、想夜歌からも嫌われても仕方ない。

だが……暁山は、それでも向き合ってくれる。

「ねえ、響汰は私のこと、どう思ってる？」

「え……？」

「私は響汰のこと、大切なママ友だと思っているわ。友達よりも……そして、恋人よりも深い、特別な存在だと思ってる。だって、なによりも大切な弟妹のための関係よ？　特別に決まってるわ」

暁山は俺のことをそんな風に思っていたのか。

最初はめちゃくちゃ邪険にされたのに。

「互いに助け合おうって、そう言ったのは響汰でしょ？　だって、私たちはママ友なんだから。響汰が悩んでいたら、こうやって話を聞きに来ることくらいするわ」

暁山が優しく微笑む。

「……前とは、立場が逆になっちゃったな」

「そうね。二人とも、自分の弟妹のことになると、周りが見えなくなるから」

「助かるよ、暁山。正直、一人だと気持ちが沈む一方だったんだ」

ふっと暁山が頬を緩める。

ここまで来たら、もう恥ずかしがって隠すのもおかしい。今朝の想夜歌の表情……。

俺は想夜歌の誕生日のことや、母さんとの関係。

悩んでいることを、一つずつ口にする。

暁山はそれを、すぐ横でまっすぐ聞いてくれた。

「私は、二人のお母様のことはどうにもできないわ」

「そうだよな。大丈夫だ。聞いてくれただけで、だいぶ気が楽になった」

「ちょっと、話は終わりじゃないわよ。でも、もう片方……想夜歌ちゃんの誕生日を手伝うことなら、できる」

「誕生日を……」

「想夜歌ちゃんは私にとっても可愛い妹みたいなものよ。それに、気に食わないけれど、郁も祝いたいそうだから。……誕生日会、やるわよ」

握手を求めるように、俺に手を差し出す。

「四人でやれば、最高の誕生日になると思わない？」

「……ああ。そうだな」

誕生日会、か。他の誰かを呼ぶなんて、考えもしなかった。

暁山と郁がいれば、想夜歌も母さんのことを考えずに済むかもしれない。友達に祝ってもらえるなんて、想夜歌は絶対喜ぶだろう。

暁山の手を取って、俺も立ち上がる。

「ちなみに、想夜歌はお前の妹じゃないぞ。俺のだ」

「ふふっ、その調子よ。響汰が落ち込んでいるなんて、見ていてムカつくもの」

「さっき柊にも言われたんだけど、俺ってそんな馬鹿騒ぎしているイメージなの？」

「そうね、馬鹿だとは思っているわ」

いつの間にか、雨はやんでいた。

雲の隙間から、陽が射しこんでいる。

「じゃあ、行くか」

「ええ。お迎えに行くわよ」

いつもより早いから、想夜歌は喜ぶだろうな。

まさか、二人とも学校をサボってきたとは思わないだろうけど。

「お兄ちゃん！　……お兄ちゃん!?」

俺が迎えに行くと、想夜歌が口をあんぐりと開けて驚いた。

「はやい！　なんで？」

「あー、まあ、いろいろあってな」

いつもより一時間以上早い。想夜歌が驚くのも当然だ。

通常のお迎え時間に来たから、まだ他の子たちもいる。

「がっこう、ばくはつした？」

「名推理だな」

「そぉか、わかっちゃった」

俺が早く来た理由を突き止めた想夜歌が、にかっと笑った。

爆発したらいいな、とは常々思っている。まあ、今日はサボってきただけだけど。

想夜歌の教育に悪いから、そんなことは言えないな。

あ、でも想夜歌と二人でサボって家でゆっくりするのはアリかもしれない……。

「姉ちゃん、もっとおそくてもいいのに」

「……え？　なんてこと、郁が私を邪険にするなんて……。郁はお迎えが早くて嬉しくないの？」

「そよかちゃんとあそべない……」

郁は周りをちらちら見て、俯いた。

延長保育はぐっと人数が減るから、想夜歌と郁はその時間いつも一緒にいるわけだ。逆に言えば、それ以外の時間は他の友達とも遊んでいる。

俺と暁山が早く来てしまったことで、想夜歌との二人きりの時間が減ってしまったと……。

「郁、お前本格的に想夜歌を狙い始めてないか!? お兄ちゃんは許しません！」

想夜歌との時間が減って悲しむなんて、もう好きじゃん……。

「ねらう？」

「ちょっと、郁は友達思いなだけよ。仲の良い友達と遊ぶ時間が減って寂しいだけ。ね？ そうでしょ？」

「……うん」

「ふう。郁もこう言っているわ」

ちょっと間があった気がするけどな……。

でも、そのほうが俺も嬉しいので、そういうことにしておこう。

「そぉかもあそびたい」

「じゃあ、今日もうちで遊ぶか？」

「あそぶー！ すみちゃん、いこ？」

想夜歌は両手を上げて喜んだあと、暁山の手を握った。

暁山も異論はないのか、俺を見て頷く。もはや放課後にうちで遊ぶのは恒例のことになっているので、わざわざ打ち合わせるまでもない。

同じくお迎えのママさんたちの間を抜けて、外へ出ようとする。

「まあ！　高校生がこんなところでなにをしているの？　そういえば、親子遠足の時もいたわよねえ」

入口の前で話していた女性たちの一人が、俺たちを見てそう言った。

「不良よ不良。だいたい、今は授業中のはずでしょう？」

「怖いわねぇ。うちの子はそうならないといいけど」

取り巻きのような二人が応じる。小声のつもりかもしれないが、はっきりと聞こえた。

三人とも、示し合わせたように髪はパーマで、厚化粧をしている。

他のママさんたちと比べるとやや年齢が高いように見える。まあ、二人目、三人目の子どもならおかしくはないし、晩婚化が叫ばれる今日では一人目の子どもの可能性もある。

「妹を迎えに来ただけです」

無視をしてもよかったが、あえて丁寧に返事をしたのは、想夜歌への影響を懸念したからだ。

決して、三人と仲良くやりたいわけじゃない。でも、親同士のトラブルで子どもの関係に問題が生じたら申し訳ないからな。

無用にことを荒立てても、いい事なんて一つもない。……だから暁山よ、その怖い顔と拳をしまえ。

最初に話しかけてきた……ボスママは、こちらに近づいてきて言った。

「ええ？　お母様はなにをなさっているの？」

「母は仕事を頑張ってくれてます」

「仕事ぉ？　子どもをほったらかしにして仕事をしているなんて……。あなたたちも大変ねぇ」

「まったくですよ。まあ、母も大変みたいなので」

「最近の母親はダメねえ。私の時なんて、母親は専業主婦になるのが当たり前だったのに。あーあ、そんなんじゃろくな子が育たないわ～」

彼女は口元に手を当てて嘲笑する。

「母親は子どもを育てるのが仕事なのに、ねえ。流行りの育児放棄ってやつかしら？」

「ひどい母親！　子どもがかわいそうね」

「児童相談所に行った方がいいかしら」

取り巻きも口々に同意して、勝手に話を進めている。

ところで、この人は俺たちを捕まえてなんの話をしたいのだろうか。

まあ、ちょっと嫌味を言うくらいで飽きてくれるなら別に放っておいていいだろう。

だが、母さんには俺も思うところがあるとはいえ、こうも好き勝手言われるとさすがにムカつく。……ここが幼稚園でなければ、一言くらい言い返していたかもな。言い合いをするメリットはないので、なんとか言葉を呑み込んだ。

なにより、自分よりも怒っているやつがいると冷静になるっていうのは本当らしい。

暁山が俺の横を通って、一歩踏み出した。

「勝手なことを……」

「暁山」

隣の暁山が額に青筋を浮かべている。暴走しないように、彼女の手を掴んで押さえつけた。

「見て、あの目つき」

「やっぱり不良なのよ」

「子は親に似るっていうものねぇ」

くすくすと笑う、おばさんたち。

人のこと言えるのだろうか。公然と人を罵倒することのほうが、よっぽど育ちが悪いと思う。

「行こう、暁山」

耐えろ。黙って幼稚園を出るだけでいいんだ。

どうせ、彼女らと会う機会なんてほどんどない。声高に専業主婦を自慢していたから、きっと毎日この時間に迎えに来ているのだろう。今日がイレギュラーなだけで、本来は時間がかぶることはない。会うとしたら行事くらいだ。

今だけやり過ごせば、また幸せな幼稚園生活に戻れるんだから。

こんな奴らのために、心を乱されてやる必要はない。

「……わかったわ。郁、気にしなくていいのよ」

「うん……」

郁も想夜歌も、暗い顔をしている。

いち早くこの場を離れないと……。

「母親がろくでなしだと、子どもが可哀そうねえ」

去ろうとする俺たちの背に、そんな言葉が投げかけられた。

足を止める気なんてなかったけど、俺は立ち止まった。俺の手を握っていた想夜歌が止まったからだ。

「そぉか、かわいそうじゃないもん」

想夜歌が俯いて、声を震わせる。

「あら？　なにかおっしゃったかしら？」

ボスママが声を低くして、想夜歌を見た。

「ママはがんばってるの！　ろくでなしじゃないもん。お兄ちゃんもいるから、そぉか、かわいそうじゃない」

「あらそう？　でも残念ねえ。あなたのお母様は、きっとあなたのことが嫌いよ。でなければ、こんな風にほったらかしにするわけないものねえ？」

他の人には届かない程度の声量だが、それは明らかに想夜歌を傷つける言葉だった。

「きら……い？」

俺は、なんでその前に彼女らを止めなかったんだろう。

母さんのことを言われて、傷つくのは想夜歌なのに。事を荒立てないことを優先してしまった。想夜歌のことを思うなら、はっきりと否定すべきだったのに。

「おい！　あんた、想夜歌になに言ってんだ！」

一拍遅れて、想夜歌を抱き上げる。ボスママの視線から逃れるように、想夜歌を腕の中に隠した。

でも、もう遅かった。

想夜歌は俺の肩に顔を埋めながら、小刻みに震えている。

「まあ！　なんて酷い言葉遣い！　まともな親がいないと悪い育ち方をしてしまうのねえ」

「この……」

怒りで、思わず腕に力が入る。想夜歌がいることを思い出して、すぐに力を抜いた。

感情が荒ぶって、どうにかなってしまいそうだった。

母さんや俺になにか言われるのは耐えられる。一時のことだと見過ごすことができる。

でも、想夜歌は別だ。俺の大切な妹を傷つける人は、俺が……。

「言葉遣いが酷いのは、果たしてどちらなのかしら？」

今にも掴みかかりそうな俺を止めたのは、暁山の冷静な声だった。

「なにをおっしゃりたいの？」

「人を貶めることばかり言うのが、美しい言葉遣いなのかしら？　随分と独特な子育てをしているのね。子どもにうつる前に、距離を取ることをオススメするわ」

「な……っ。あ、あなたも言葉遣いがなってないじゃない！　敬語も使えないのかしらねえまったく！」

「使う必要のある場面では使うわよ。あなたのように醜い人には使わないわ」

「みにく……!?　ちょっと、生意気よ！」

「あ、中身が醜いと言っているのよ？　相手を貶めて喜ぶことしか生き甲斐がないんでしょう？　もちろん、後ろで笑っていたお二人も同様よ」

つんと澄ました顔で、暁山が言い返す。

いや、言い返すというより、もはやワンサイドゲームだ。

「なにか言ったらどう？　お得意の嫌味はもう終わり？」

……うん、暁山を怒らせるのは今後もやめておこう。俺、暁山に本気で言い負かされたら立ち直れないかもしれない。

さすが暁山だ。罵倒スキルでは敵う者はいないな。口喧嘩を売る相手を間違えてる。

「おばさんたちより、ママのほうがすごいもん！」

最後に、郁が想夜歌を背に庇いながら、大声で言い返した。

「お、おば……」

ボスママはすっかり語彙力がなくなって、もごもご言葉にならない呻き声を返すのみだ。

「そんな風にお友達と集まって他人に攻撃することが母親の仕事なの？　子どもはどう思っているでしょうね。恥ずかしくて泣きたいんじゃないかしら」

暁山が代わりに怒ってくれたので、俺も冷静になってきた。

想夜歌を傷つけたおばさんは絶対に許せない。いつも明るく前向きな想夜歌がこんなに怯えるなんて、相当だ。今も、想夜歌の涙は止まらない。

だからこそ、彼女らからいち早く離れたほうがいい。

「響汰、行くわよ」

「ああ。……ありがとう」

「別に、私は言いたいことを言っただけよ」

暁山はそう言うけど、想夜歌のために言ってくれたのだということはよくわかる。

まだ後ろでボスママたちが喚いているけど、俺たちは無視した。

想夜歌と郁を連れて、俺の家に向かう。雨はすっかり晴れていたけれど、心の中はどんよりと曇ったままだ。

「想夜歌、気にすることなんてないからな。帰ったらお菓子を食べて、たくさん遊ぼう」

想夜歌の背中をぽんぽん叩きながら励ます。

迂闊だった。ああ、こんなことになるとわかっていたら、早めに幼稚園に来たりしなかったのに。

「お兄ちゃん……」

家に着くころ、想夜歌がゆっくりと顔を上げた。

目は腫れていて、鼻水と涙がべったりついている。

「想夜歌、大丈夫だ。もうすぐ着くからな」

泣きじゃくったことで、少し落ち着いたのだろうか。

……いや、むしろ逆で、よく考えたことでもっと落ち込んでしまったらしい。

ひどく悲しそうな顔で、俺の目を見る。

「お兄ちゃん……。ママ、そぉかのこと、きらい？」

想夜歌の問いに、俺も暁山も絶句した。

なんてこと言わせてんだよ、俺は。

「……そんなわけない！　あんな奴の言うことなんて、気にする必要ないよ。デタラメで言ってるだけだからさ」

ボスママに言われた、母さんから嫌われているという言葉。

今の想夜歌が一番言われたくないことだろう。それは鋭利な刃物となって、想夜歌の胸に深々と刺さってしまっている。

「……ママ、えんそくこない」

「それは仕事で……」

「たんじょうび、こない」

想夜歌が心に傷を負った理由は、ただ単に暴言を吐かれたからではない。

その言葉に、心当たりがあったから。

否定しようと考えれば考えるほど、むしろそれを補強する出来事ばかり思い浮かぶ。

元々あったけれど、必死に目を逸らしてきた疑惑を直視してしまったのだ。

「想夜歌……。母さんが想夜歌のこと、嫌いなわけないだろ？　この前だって、いっぱい話してくれたじゃないか。母さんは、想夜歌を大切に思ってるよ」

「そうよ。想夜歌ちゃんのことは、みんな大好きだもの。こんなに可愛い娘、好きにならない理由はないわ」

想夜歌を慰めるために、心にもない言葉を並べる。

でも、本心じゃない言葉に力はない。

だって、俺も想夜歌と同じように思っているから。

別に嫌ってはいないだろう。けど、母さんが俺たちを好いているとはとても思えない。

「母さんは想夜歌のことが大好きなんだ。俺も、よく想夜歌のことを聞かれるよ。本当は一緒にいたいのに、忙しくて会えないだけなんだ」

「うそだよ」

「本当だ。お兄ちゃんが信じられないのか？」

「……ううん。しんじる」

想夜歌の顔を、ちゃんと見られない。

「なにより、お兄ちゃんが想夜歌のことを愛してるからな！　母さんには負けないぞ！」

よかった。ちょうど家に到着した。四人で中に入り、靴を脱ぐ。リビングに入ったら、想夜歌をソファに寝かせて、荷物の片付けをする。

なにかしている間は、会話が途切れる。そのことに、安心してしまっている俺がいた。

「……忙しさを理由に想夜歌と向き合うことから逃げるなんて、やってることが母さんと同じじゃねえか」

洗濯機の電源を入れたところで、その事実に気が付いた。

ああ、自分の狭小さに嫌気が差す。

結局、俺もあの人の息子なのか？　自分の都合が悪くなると、責任から逃げるのか？

……いや、そんなわけない。もう一度、ちゃんと想夜歌と話そう。

きっと、俺の愛情は想夜歌に伝わるはずだから。母さんがいなくたって、俺が幸せにするんだ。そう決めたはずだろ。

「そよ……」

「しっ」

リビングに戻ると、暁山が人差し指を唇に当てた。

想夜歌は、そのままソファで眠ったようだ。心労で疲れたのかもしれない。さっきまでは泣きはらしていたけれど、寝顔は穏やかで少し安心した。

「そよかちゃん、よしよし」

郁が隣に座って、想夜歌の頭を撫でている。

ありがたい。今の想夜歌には、愛されているという実感が必要だ。

……でも、本当に欲しいのは母からの愛情なんだろうな。

「響汰、少しあっちで話しましょう」

暁山に手を引かれ、廊下に出る。

やや薄暗い廊下で、壁に背を付けて暁山と向かい合う。強引に俺を押し込んだ暁山は、壁に手をついて俺を見た。

ああ、これが壁ドンってやつか……。なんて、どうでもいいことが頭に浮かぶ。

「今さら説教なんてするつもりはないわ。響汰が一番わかっていると思うから」

暁山は小声で言って、優しく微笑む。

「……ああ」

いつも想夜歌から元気を貰っているのに、想夜歌が落ち込んだ時に一緒に気分を落としているようじゃ兄失格だ。

「ねえ、さっきの話だけれど」

「さっきの？」

「想夜歌ちゃんの誕生日会をやるって話よ。そっちは私に任せて。私が想夜歌ちゃんを楽しませてみせるから。でも……」

暁山が頼もしいことを言ってくれる。

友達を呼んで誕生日会をするのは初めてだ。郁がいてくれたら、想夜歌はきっと喜ぶだろう。

けど……それだけじゃ、きっと満たされない。

「想夜歌ちゃんは、お母様に来てほしいと思っているはず。だから響汰は、なんとかしてお母様を説得するのよ」

想夜歌の気持ちは、よく知っている。しかし今日、母さんが想夜歌を嫌っているかもしれないという疑念が、強く刻まれてしまった。

それを払拭して、想夜歌を元気にするためには、母さんを連れてくるしかない。

「なんとかして……」

「私は会ったことがないから、お母様がどんな人かは知らないわ。でも、どんな人かは関係ない。想夜歌ちゃんが寂しがっている。それだけで理由は十分なはずでしょう？」

「……でも俺には、母さんが来てくれるとは到底思えないんだよ」

想夜歌が寂しがっているから来てくれ……俺はそう、何度も伝えた。

その度に、母さんは適当に流して逃げるんだ。想夜歌のことなんて、どうでもいいと思っているかのように、真面目に相手しようとしない。

「昔からそうなんだよ。母さんは子どもより仕事を優先するんだ。口では心配してるなんて言いながら、母親の責務からは逃げ出す。そういう母親なんだよ。想夜歌の気持ちなんて考えちゃいない。母さんはただ、母親っぽいことをしたいだけで……」

一度口に出すと、感情が溢れて止まらない。

暁山の前で愚痴るつもりなんてなかったのに。……カッコ悪い。

「そう……」

暁山はなにを思ったのか、俺の頭に手を乗せた。

「響汰も寂しかったのね」

「……は？」

今度は両腕を俺の後頭部に回して、そっと引き寄せられた。抵抗する間もなく、暁山の肩に俺の額が乗る。

俺を抱き寄せるような体勢になった暁山は、優しく言葉を続ける。

「暁山、なにを……」

「別に、泣きそうな子どもがいたから、抱きしめてあげただけよ」

すぐに暁山は離れて、いたずらっぽく笑った。

「大丈夫。お母様にはきっと、響汰や想夜歌ちゃんがお母様を大好きだって伝わっているから」

「……別に、俺は好きじゃないけど」

「そう？　私には、母親に構ってもらえなくて拗ねているように見えるわよ。案外、響汰も可愛いのね」

俺が寂しがっている？　ありえない。

幼少期から一人だったから、全部自分でやってきた。親の助けなんてなくても、俺は生きていけるんだ。母親なんて、俺には必要ない。

「だって、お母様に食べさせるためにだし巻玉子を練習したんでしょう？　お酒に合うようにって」

「……別に、ついでだよ」

「夜ごはんを作る時、響汰が必ずお母様の分を残して冷蔵庫に入れていること、私は知っているわよ」

「それも、ついでだ。偶然作りすぎただけだよ」

「ふふ、作る量を調整できない響汰じゃないでしょう」

なんだか恥ずかしくて、視線を逸らした。

母さんは嫌いだ。

嫌いなはず、なんだ。

「世の中には色んな家族があって、色んな親がいるけれど……。響汰のお母様は、きっと大丈夫よ。きちんと向き合えば、ちゃんとわかってくれる」

「……なにを根拠に」

「それが親だと思うから。話せる時に、ちゃんと話しておきなさい。……いつ話せなくなるかわからないのよ」

暁山の言葉に、口を噤む。

暁山はお父さんを亡くしているのだ。二度と、話せない関係になってしまった。

「父を失った時、私たち家族は一度ばらばらになったの。今では考えられないけれど、母ともほとんど話さない日々が続いたわ。父のいない生活に慣れたくなくて、ずっとふさぎ込んでいた。……私と母の関係は、一度完全に壊れたのよ」

「バーベキューの時は、そうは見えなかったけどな」

ところどころ、ぎこちない感じはあったものの、普通に仲の良い親子のように見えた。

「いえ……今も壊れたままかもしれないわね。でも、その間を郁が埋めてくれているの」

彼女が郁に傾倒するのは、ただ弟だからというだけの理由ではないのだ。家族の仲を繋ぐ、心の拠り所。それが郁という存在である。

「だから響汰も……想夜歌(そよか)ちゃんのためなら、お母様と仲良くなれるんじゃないかしら？　お兄ちゃんとお母さんが不仲なんて、想夜歌ちゃんのためにならないわ」

俺も……想夜歌がいれば、母さんと普通に話せるだろうか。とっくにこじれた関係だけど、仲の良い親子になれるのだろうか。

「わかったよ。想夜歌のためだ。もう一回、腹割って話してみる」

想夜歌の大切な誕生日だ。全力で楽しませてやりたい。そのためには、母さんの存在は必要不可欠。寂しい思いなんて少しもさせたくないんだ。

普段の生活では会えなくても、誕生日くらいはなんとかしたい。

……俺が意地を張っている場合じゃないよな。暁山の言う通り、意地を捨ててきちんと向き合うべきだ。

「それがいいわ。さっきも言ったけれど、誕生日会は私に任せて。響汰は、お母様を説得してね。もう一週間もないのだから」

「ああ。頼む」

誕生日は今週末。それまでに、母さんを説得しよう。

暁山に言われるまでは、どうすれば母さんがいない寂しさを紛らわせられるかを考えていた。けど想夜歌が求めているのは、やはり母さん本人なんだ。

……ぜったい、母さんも想夜歌の誕生日に立ちあわせてやる。強く決意して、拳(こぶし)を握りしめた。

「じゃあ、今日はもう帰るわね。想夜歌ちゃんも寝てしまったし」

「悪いな、せっかく来てもらったのに」

「いえ、いいのよ。今晩は母も家にいるし、元々夕食は家で食べるつもりだったもの」

繁忙期が終わったのか、暁山の母親が定時帰りしてくる日も増えたらしい。また暁山が無理をしても困るので、いいことだ。

母さんは年中繁忙期みたいなものだからな……。いつになったらまともに休むようになるのやら。

「いろいろありがとな」

「どういたしまして。ママ友として、当然のことよ」

「ああ、さすが俺のママ友だ」

暁山と拳を合わせて、笑い合う。

よし、気持ちを切り替えて、想夜歌の誕生日のために頑張ろう。

九章　妹の誕生日。

The Love Comedy Which Nurtured With a Mom Friend.

時間が経(た)つのは早いもので、気づけば想夜歌(そよか)の誕生日当日。

空はまるで神が祝福しているかのような快晴。さすが世界に愛されて生まれた妹だ……。

「想夜歌、誕生日おめでとう！」

「あいとー！」

ご機嫌で起きてきた想夜歌を、力いっぱい抱きしめる。

うん、いい笑顔だ。

ここ数日は、今日のために走り回っていたからな……。想夜歌の笑顔を見られれば、疲れも吹き飛ぶというもの。

だが、このあとの予定を考えると胃がキリキリする。

最善を尽くしたつもりではあるけれど、どうしても不安が拭(ぬぐ)えない。

「今日から四歳だな、想夜歌！」

「くれもとそぉか、よんさいです！」

「指は三本のままだぞ。四はこうだ」

親指だけ曲げた手を想夜歌に見せる。想夜歌も真似(まね)して、四本の指を立てた。

ちゃんと自己紹介ができて偉いな！

「お兄ちゃんはなんさい？」

「俺は十六歳だ」

「じゅーろく……。あとなんさいでいっしょになる？」

「追いつくのは一生無理だなぁ……」

「がーん」

俺が死なない限りは俺が常に年上だ。当たり前だけど。

「そぉか、お兄ちゃんよりおおきくなる」

「妹に身長抜かされたくはない……が、想夜歌はきっとスタイル抜群の美女に育つだろうな！　小さくても可愛いからどっちでもいいけど！」

「すたいる、ばつぐん！」

腰に手を当てて、ばーんとスタイルを見せつけてくる。可愛い。

想夜歌は歳を重ねて、少しずつ大きくなっていくのだ。それが嬉しくもあり、寂しくもある。成長する想夜歌と小さいままの想夜歌、両方欲しい……。

「おにーちゃん」

想夜歌が甘えた声で、両手を器のようにして差し出してくる。

「ん！」

「ん？」

俺はその上に手を重ねる。

「ちがう！」

「プレゼントはまたあとでな。まずはお出かけだ」

「おでかけ？」

「今日は忙しいぞ」

そう、今日のプランはただケーキを食べるだけではないのだ。

午後には、暁山が誕生日会を準備してくれている。

そっちは彼女に任せる約束だ。だから、俺はこっちに集中しよう。

「おでかけ、する！」

想夜歌はどたばたと部屋に走ると、柊に選んでもらった服を持ってきた。よいしょよいしょと着替えて、しっかり靴下も穿く。

俺の前でくるりと回って、ポーズを決めた。

「じゅんび、かんりょう！」

「可愛すぎる……。出発はちょっと待ってくれ。先に写真撮影だ」

「よんさいのそぉかです」

想夜歌は珍しくノリノリで、カメラに向けてピースした。

やっぱ誕生日って最高だな！

ひとしきり写真を撮ったあと、軽く朝食兼昼食を済ませてから家を出た。

「おでかけ、どこ？」

「それは着いてからのお楽しみだ」

どこに行くかは、想夜歌には話していない。

サプライズってやつだな。それに、あんまり期待されすぎると困るという事情もある。

家を出て向かった先は、最寄り駅だ。

「でんしゃ？」

「ああ。ちょっと移動するぞ」

「でーとだ！」

想夜歌ははしゃぎながら、電車の座席に座って窓の外を見た。

せっかく誕生日が土曜日なんだ。どこかへ遠出しようとは、以前から検討していた。行ったことがない場所はいくらでもあるし、東京まで出れば遊ぶ場所には困らない。誕生日の特別感を演出するには十分だ。

でも……それじゃあ結局、いつも通り俺と二人だけになってしまう。

それでも俺はいいんだけど、想夜歌には不満だろう。

「おでかけ、すき！」

満面の笑みで足をばたつかせる想夜歌は、少しだけ無理をしているように見えた。

今日、想夜歌は一度も母さんのことを口にしていない。ここ数日、ずっとそうだった。

誕生日に母さんが時間を取ってくれることはないのだと、そう察して諦めてしまったのだと思う。

想夜歌が大人に向けて成長していくのは素直に嬉しいけど、そんなところまで大人にならなくていいのに。

「想夜歌……」

「あい」

母さんに会いたいか？　そう聞こうと思ったけど、やめた。

聞くまでもないし、余計に傷つけるだけだ。

「いや、なんでもない」

「へんなのー」

けたけたと笑って、再び景色を見始めた。

「みて、でっかいぼーる！」

「まじで!?　想夜歌、よく見つけたな！」

「あれでさっかーしたい」

「それは、相当大きくならないと無理だな……」

想夜歌が発見したのは、巨大な球体の建造物だ。たしか、ガスのタンクだったはず。

初めて見た時は、用途がさっぱりわからなかったな……。

「おおきく……じゅっさいくらい？」

「何歳になっても無理だと思う」

「じゃあ、ひゃくさい」

「ずいぶんとパワフルなおばあちゃんだ」

なにげない会話を繰り広げながらも、内心はドキドキだ。

今から連れていく場所で、想夜歌は喜んでくれるだろうか。

しばらく電車に揺られて、降車駅に到着した。新幹線も停まる駅だけど、そんな遠出するつもりはない。

駅を出て、オフィスビルが立ち並ぶ通りを歩く。

想夜歌の手をしっかり握り、スマホの地図を頼りに目的地へと向かった。

「……ここだ」

数分でたどり着いたのは、一つのオフィスビルだ。

想夜歌が「おお～」と感嘆の声を上げながらビルを見上げる。

「そぉか、おしごと？」

ビルを出入りするスーツ姿の大人たちを見て、そう思ったらしい。

想夜歌はきりっとした顔で、腰に手を当てた。

「よんさいのそぉかは、おしごともできます。まかしぇろ」

「残念ながら、仕事ではないんだ」

妙にやる気を出しているところ悪いが、さすがに幼稚園児を労働させるために連れてきたわけじゃない。

ここは……母さんの職場なのだ。

やや緊張しながらビルに入る。

「すみません、昏本響汰と申しますが……」

受付で用件を伝える。このビルにはいくつかの会社が入っていて、母さんの職場はそのうちの一つだ。

受付のお姉さんに微笑ましく見られて、少し気恥ずかしい。

すぐにゲストカードを用意してもらい、エレベーターに乗る。

「想夜歌、これが一つ目の誕生日プレゼントだ」

「びる?」

「そんな富豪みたいなプレゼントはちょっとできないなぁ……。でも、想夜歌にとってはもっと嬉しいものだと思う」

ちん、と音がして、エレベーターが停止する。

ゆっくりと開いた扉から降りたら、会社名が大きく書かれた壁が目に入った。

想夜歌が小首を傾げてきょとんとしている。

「プレゼントは……職場見学だ。母さんの会社のな」

「ママ？」

想夜歌が驚いて、俺を見上げる。

俺は黙ったまま、想夜歌の手を引いてオフィスの中に進んでいく。

「響汰、想夜歌」

その声を聞いた瞬間、想夜歌が俺の手を離して、駆け出した。

「ママ！」

俺たちを出迎えたのは、スーツ姿の母さんだ。家で見るだらけきった姿とは違い、きりっとしている。

「やった！　ママだ！　なんで？　おしごとは？」

「おー、想夜歌。私は仕事中だよ」

「そぉかもやる！」

「やるのは無理だから、見学だけね」

「わかった！」

「静かにできる？」

「でき！　……る」

思わず叫びそうになった想夜歌は、ぱっと口に手を当てて声を抑えた。

母さんはにっこりと笑って、よし、と頷いた。

満面の笑みで頷く想夜歌の頭に、母さんが手を伸ばした。しかし、その手は空中で止まった。

代わりに、受付の卓上に置いてあった紙袋を持って、想夜歌に渡した。

「はい、誕生日プレゼント。あとで開けな。店員に人気商品を聞いたから、間違いないよ」

「ありがとう！」

「うん、じゃあ私は仕事に戻るから」

土曜日とはいえ、母さんは仕事だ。いつまでもここにいるわけにはいかないらしい。

想夜歌にひらひらと手を振った母さんは、想夜歌の横を通って俺の前に来る。

「本当に連れてきたのね」

「まあな。……ありがとう」

「別に、息子の頼みくらい聞くわよ。あんなに風に言われたら、ねえ」

「うっ……」

暁山に言われた通り、意地を捨てて頼み込んだのだ。

真っすぐに母さんと向き合えば、意外なほどに普通に話せた。

「まあ」

母さんが恥ずかしそうに頬を掻いた。

「私も、嬉しいよ。想夜歌があんなに嬉しそうにするなんて、思わなかったからさ」

「そりゃあ、嬉しいだろ。誕生日だし」

「そう？　私は親になんて会いたくなかったわよ」

母さんが少し寂しそうに、目を細めた。

「話が逸れたね。じゃあ、私は仕事に戻るから。あんまり邪魔するんじゃないわよ？」

「わかってる。静かに見させるよ」

「うん。じゃあ私の部署に行こうか」

会社にいるからか、落ち着いた話し方だ。こうして見ると、バリバリ仕事ができそうなキャリアウーマンって感じの雰囲気だな。家だと、ただのダメな大人だけど。

母さんが案内してくれるようなので、後ろからついていく。

「お兄ちゃん、ママがいるよ」

「ああ、いるな」

「こないってゆってたのに、いる！」

「俺たちが来たからな」

想夜歌が俺の手をぶんぶん振る。でも、静かにっていう約束を守っているのか、小声だ。

「うれしい」

想夜歌(そよか)は目じりに涙を浮かべながら、にっこりと笑った。本当に嬉(うれ)しそうに。

よかった。誕生日にも拘(かか)わらず仕事をしている母さんを見て悲しむのか、会えたことを喜ぶのか、割りと賭けだったのだ。

「ここに座って。ああ、飲み物はそこから勝手に飲んでいいから。コーヒーと紅茶しかないけど。嫌だったら自販機ね」

母さんが準備してくれたのか、オフィスの端にパイプ椅子が二つ、置いてあった。

俺たちを座らせたあと、母さんは休憩所の場所を指差して、ぶっきらぼうに言った。

そして、すぐに仕事に戻っていく。

母さんが座ったのは、パイプ椅子の場所から少し離れているが、見える場所だ。

机の上には書類の山と大量のウインドウが開かれたパソコンがあって、本当に忙しそうだ。

「あ、昏本(くれもと)課長のお子さんですか？」

「そうだよ。可愛(かわい)いでしょ」

「可愛いですねー。もうちょっと帰ってあげたほうがいいですよ？　いっつも残業してるじゃないですか」

「そうね。あなたが代わりに仕事をやってくれたら……」

「あ、それは勘弁してください」

女性社員と言葉を交わしながらも、手は止めない。

母さんが働くのは、広告代理店だ。

ビルの二フロアがこの会社の事務所らしい。

さっき入口で見たが、結構色んな会社が入っていた。てっきり会社というものは建物を一つ持っているのだと思っていたけど、そういうわけでもないらしい。

会社の中は、ガラス張りだったり壁になにやらロゴがあったりと、なんかオシャレだ。

いや、他の会社を知らないからよくわからないけど……。

「じっと見ているのも落ち着かないな……」

想夜歌だけじゃなく、俺も来るのは初めてだ。

そのため、少しそわそわする。

土曜日だというのに、オフィスでは大勢の社員が時間を惜しんで働いていた。

母さんも、俺たちのことは視界にも入っていないかのように、すぐに仕事に没頭し始めた。

俺たちの場違い感がすごい……。

まったく集中できていない俺に比べて、想夜歌は真剣な顔をしている。

椅子にちょこんと座り、膝（ひざ）に手を置いてじっとしている。

静かにする、という約束を守っているのだろう。

「お兄ちゃん……」

想夜歌が俺を見上げる。

「ママ、カッコイイね！」

口に手を当てて、小声で囁いた。

目はキラキラと輝き、満面の笑みだ。

よかった……。結局仕事に集中して放置されることにショックを受ける可能性もあったけど、普通に楽しんでいるようだ。

ほんと、朝から胃がキリキリして困る。でも、想夜歌のためならこのくらいの痛み、耐えてみせるぞ！

「ママ、すごい」

「そうだな」

「さすが、そぉかのママです」

想夜歌は母さんが働く様子を食い入るように見つめている。

ひたすらパソコンを打っているだけの光景なのに、想夜歌はアニメを見ている時よりも真剣だ。母さんが働いている姿なんて、想夜歌からしたら新鮮だろう。

かくいう俺も、会社に来るのは初めてだ。

「職場ではずいぶん雰囲気が違うな……」

母さんは自分のタスクもこなしながら、他の社員に指示を飛ばしている。なるほど、産休後すぐに職場復帰を懇願される理由もよくわかる。

「そぉかも、しごとする」

「想夜歌は遊ぶのと寝るのが仕事だよ」

「なんてこった。そぉか、ちょーとくい」

特に寝るのは大好きだもんな……。

「想夜歌、楽しいか？」

「うん！」

ここ最近では一番の笑顔だ。

職場見学に連れてきたのは正解だったみたいだな。

職場見学なんて、今まで考えたこともなかった。

変な言い方だけど、仕事に行った母さんは家庭とは関係ない存在な気がして。誕生日の今日も、仕事ならもうどうしようもないと思った。

母さんに感謝しないといけない。

だって、今日の職場見学を提案してくれたのは……母さんだったから。


それは、数日前のこと。

母さんをなんとか説得する。

そう暁山と約束した俺は、さっそく次の日に行動を開始した。

「……そんなところでなにしてんの？」

玄関前のアプローチに座り込んで待ち伏せしていた俺に、母さんが怪訝そうに眉根を寄せる。

日暮れが遅い夏であっても、すでに太陽はほとんど沈んでいた。じめじめした湿気が、肌に張り付く。

「あ、わかった。想夜歌に追い出されたんでしょ。尻に敷かれてるわねえ」

「そんなんじゃねえよ」

「じゃあなによ」

俺はなんとなく街灯の明かりを見つめながら、言い淀む。

「……母さんを待ってた」

「はぁ？」

母さんを説得するなんていっても、俺に策なんてない。

ただ、なんにしても一度、きちんと話さないことにはなにも始まらない。だから、想夜歌が寝てからずっと、ここで待っていたのだ。

「なにか話？　あとで聞くわよ～」

「いや、今じゃなきゃダメだ」

「なんでよ。私、疲れてるんだけど」

「酒を飲んだら会話にならないだろ」

そう、わざわざ玄関前で待っていたのは、それが理由だった。

母さんは家に着くとすぐ、必ずビールを開ける。そうなれば、まともに会話なんて成り立たない。

酒を阻止するという手もあったけど、家の中だと俺も冷静でいられないからな……。

だから、こうして外で待つことにした。

外なら落ち着いて話せると思ったから。

「……わかったわよ」

俺の空気で何かを察したのか、母さんは肩を竦(すく)めてから、俺の横に腰かけた。

街灯の明かりが、母さんの横顔を照らす。

母さんはジャケットのポケットから加熱式煙草(たばこ)を取り出して、手に持った。そういえば、家の中では吸わないな。

「それで……えっと」

なにを言おうか考えてきたはずなのに、どうにも言葉が出ない。

「あんたとゆっくり話すのなんて、いつ以来でしょうね」

意外にも、先に話を始めたのは母さんのほうだった。

ふーっと吐かれた煙が、宙に溶けていく。

「さあな。記憶にない」

「私も。まあ、あんたも話したくなんてないだろうし」

「そっちだって」

母さんの言葉に、ついイラついてしまう。

「で、なにか話があるんでしょ？　想夜歌のこと？」

「ああ。想夜歌の誕生日、なんとか時間を作ってくれないか？」

「どうして？　誕生日に私がいたって、空気を壊すだけよ」

「そんなことない。想夜歌は、誰よりも母さんにいてほしいと思ってる。どんなプレゼントよりも……母さんとの時間が欲しいんだよ」

「嘘よ。親なんて……」

母さんは苦虫を噛み潰したような顔をして、かぶりを振る。

何度目かわからない、説得。いつも通りの言葉じゃ、母さんには響かない。

「……俺もそうだった」

「え？」

「俺も寂しかったって言ってるんだ」

言いながら、恥ずかしさに顔を背ける。

まさか自分がこんなことを言う日が来るなんて、思いもしなかった。

寂しく思っていたつもりは毛頭なかったし、俺はむしろ、母さんを恨んでいた……はずだった。

自覚したのは、暁山に言われたからだ。それに、今直接伝えて、改めて認識した。

寂しかったのだ。だからこそ、ほとんど帰ってこなかった母さんに、恨みに近い感情を持っている。

「寂しい？　なんで？」

母さんが目を見開いて、ぽかんと口を開けた。

「なんでって、そりゃ……帰っても誰もいないんじゃや、寂しいだろ」

真面目に寂しいなんて言う日が来るなんて……。頬が熱い。

「お金はちゃんと渡していたでしょ？　子どもなんだから、友達と遊んだりすればいいじゃない」

「それでも、夜は一人だ」

「夜は寝るだけでしょ？　それまではテレビでも見てればいいし」

俺が子どもの時から、父さんも母さんもロクに帰ってこない家庭だった。

いつ帰っても、家の電気は消えていて。テレビをつけたって、騒がしいタレントの声に虚しくなるだけだ。

テレビを消すと、今度は静寂に耐え切れなくなる。

そうなると、俺は決まって家を出た。クラスの奴らと違って門限も、親に叱られることもなかったから、唯一誰もいないメリットだと思った。母さんがいないおかげで、俺は他の人にはできないことができるんだって、そう思えた。

でも、住宅街を歩いていると聞こえてくる賑やかな家庭の声が、俺の胸を締め付けた。

その度、俺は母さんに対して恨みを募らせていったのだ。

……思い返せば、それが寂しいっていう感情だったんだと思う。今となっては、ずいぶんと拗れてしまったが。

「……私は、親なんて消えてほしいと思ってた」

俺が俯いて黙っていると、母さんが消え入りそうな声でそう言った。

「あんたには会わせたことないけどね、うちの親……あんたのじいさんばあさんは、本当にクズだった。少しでも機嫌を損ねれば暴力を振るわれる……そんな家だったよ」

初めて、母さんから実家の話を聞いた気がする。

母さんは自虐的に口元を歪める。

「逃げるように駆け落ちして、なにを間違えたのか親になんてなっちゃったけどね」

「そうだったのか」

「まあ最初は、あいつらみたいにはなるもんかって思ってたわよ。私はちゃんと子育てできるって。でも……響汰が育つにつれ、私はいないほうがいいと確信した」

「そんなこと……」

「私には、あいつらの血が流れている。いつ自分が、子どもに手を上げてしまうのか……それを考えると、怖くて近づけない。だから、距離を取ったの。関わらなければ、傷つけ合うこともないでしょ？」

怯(おび)えているかのように、母さんは声を震わせる。

母さんにも理由があったのか。……だからといって、許す理由にはならないけど。

少なくとも、想夜歌(そよか)のことが嫌いだから避けていたわけではないらしい。

むしろ……。

「想夜歌のことは、ちゃんと好きか？」

「当たり前じゃない。想夜歌も、響太も……愛しているわよ。だからこそ、触れられないの。壊したくないから」

母さんはずっと、関わらないほうがいいと言っていた。親なんて、話さないくらいがちょうどいいと。

そのせいで想夜歌は寂しい思いをしているのだが……関わるほうが傷つく可能性もあるとは、考えたこともなかった。

たしかに、そういう家庭もあるだろう。虐待、ＤＶ……よく聞く話だ。実際に、母さんの家はそうだったらしい。

「だとしても、母さんは大丈夫だろ」

なぜだかわからないけど、そう確信した。

「どうして?」

「俺の母親だから」

「……は?」

「さっき、親の血が流れてるって言ってただろ? でも、同じく血を引いているはずの俺は、想夜歌(そよか)が大好きだ。ああ、目に入れても痛くないくらいにな」

「……だからなに?」

「母さんから生まれた俺がそうなんだ。母さんも、想夜歌を普通に愛せるに違いない」

一つ、思い出したことがある。

瑞貴(みずき)たちと話した時は、俺の誕生日になにかしてもらった記憶はなかった。でも……物心が付く前。母さんが一度だけ、ケーキを買ってきてくれたことがあった。

鮮明な記憶ではないし、もしかしたら俺の思い込みが捏造(ねつぞう)した記憶かもしれないけど……その時の温かい気持ちは、たしかに俺の胸に残っている。

「なにその理論……。ふっ」

母さんが小さく笑みを零(こぼ)した。

「妹と子どもは違うでしょ」

「いや、一回抱きしめてみればわかる。想夜歌、めちゃくちゃ可愛いぞ」

「知ってるわよ、あんたより。誰が産んだと思ってるの」

「は？　俺のほうが知ってるけど？　一緒にいる時間が段違いすぎる」

母さんと軽口を叩き合うなんて、もしかしたら初めてかもしれない。

言い争いは何度もしたけど。……いや、母さんはいつも気安く話していた気がする。喧嘩腰だったのは俺のほうか。

案外、ちゃんと話せばもっと早く和解できたのかもしれないな。そんな余裕、俺にはなかったけど。

「それで、誕生日だけど」

「ごめん。その日は仕事だし、高校生になったあんたならともかく、想夜歌と向き合う勇気はまだない、かな」

母さんは目を細めて、そう言う。

「……そんなの」

「でも」

反論しようとした俺の言葉を、母さんが遮った。

「会社でなら……仕事中の時なら、想夜歌とも普通に話せるかもしれない」

「会社で……え？」

「うち、職場見学できるんだよね」

「ママ、もしかしててんさい？　おしごとのてんさい？」

母さんを説得した時のことを思い出していたら、想夜歌の声で我に返った。

次々と仕事をこなす母さんを見ながら、想夜歌が喜んでいる。楽しそうでなによりだ。

「想夜歌、そろそろ行こうか」

時計を見ると、気づけば結構な時間が経っている。

一時間ほどの見学時間は、あっという間に終わりを告げた。

母さんに声をかけるのは……やめておこう。さっきからずっと電話をしている。

「……うん」

想夜歌は一瞬だけ抵抗を見せたけど、すぐに頷いた。

聞き分けが良すぎる。

……母さんに迷惑をかけたらダメだという想夜歌の気持ちは、半ば強迫観念のようなものかもしれない。昔からずっと、想夜歌はいい子だった。

想夜歌は椅子から降りて、俺の手を握った。名残惜しそうに、母さんのほうをちらちらと見る。

「ママ……」

これで満足なはず、ないよな。

誕生日なのに、話せたのはほんの数分。あとは、仕事をしている姿を見ているだけなんだから。

「電車の中でプレゼントを開けような」

「……うん」

受付の人に見送られて、エレベーターのボタンを押した。

想夜歌はプレゼントの包みを大切そうにぎゅっと抱きかかえている。

「想夜歌！」

エレベーターが到着し、乗り込もうとしたところで、後ろから声がした。

「ママ？」

母さんだ。慌てて追ってきたのか、少し息が上がっている。

「ママ、いっしょにかえるの？」

「いいや……一個、言い忘れてたなぁっと思ってね」

「んー？」

母さんが、想夜歌に近づく。しゃがみこんで、想夜歌と視線を合わせた。

ちょっと前に出れば、抱きしめられる距離だ。でも、いつも母さんは想夜歌に触れない。まるで、触れたら壊してしまうと思っているかのように。

そして想夜歌（そよか）も、べたべたして嫌われるのが怖くて、抱き着いたりしない。

そう、いつもだったら。

「想夜歌。誕生日、本当におめでとう。……大きくなったね」

母さんは手を想夜歌の頭に伸ばした。何度か躊躇（ためら）ったあと、恐る恐る想夜歌の髪を撫（な）でた。

「ママ……っ」

母さんに触れられた瞬間、想夜歌が抱き着いた。

今までの時間を取り戻すかのように、力いっぱい母さんに縋（すが）りつく。

「ママ、だいすき。だいすき」

母さんは困ったように眉を下げて、俺を見た。

「私なんかが抱きしめていいの……？」

「当たり前だろ。母さんは想夜歌の母親なんだから」

「母親、か。私には母親がなんなのか、まったくわからないわよ。そんなこと、教わってないから」

母さんはうっすらと目じりに涙を浮かべる。

「でも、どうしてかな。……すっごく愛（いと）おしい」

母さんは泣き笑いのような表情で、控えめに想夜歌を抱きしめ返した。

想夜歌はしばらく、母さんの胸の中で泣いていた。

かな。

「……それでいいんだよ」

俺は小さく呟いて、頭を掻いた。

……なんだよ。ちゃんと愛せるじゃんか。

突然仕事が暇になったりはしないだろうけど、これで少しは、想夜歌の寂しさも紛らわせるかな。

「そろそろ、戻らないと」

数分後、母さんがそう言って想夜歌から離れた。

「いっちゃうの？」

「うん。想夜歌、また今度ね。次会った時は、いっぱいお話聞いてあげるからさ」

「やった！　ママ、だいすき！」

母さんは愛おしそうに、想夜歌の頭を再び撫でた。

いつの間にかできていた二人の間の溝は、すっかりなくなったようだ。

今の姿だけ見れば、普通に仲の良い親子である。

「響汰、ありがとね」

「ああ」

「あんたも抱きしめてほしい？」

「結構だ」

「えー、なによ。可愛くないんだから」

もうそんな歳じゃない。それに、俺は想夜歌と母さんの関係を改善したかっただけで、俺との関係はまた別問題だ。

「来月の土日……のどっか。空けといてよ。私も休むから」

去り際に、母さんが言った。

意味を察した想夜歌が飛び跳ねたころには、母さんは仕事モードに戻っていた。

でも、その横顔はほんの少しだけ、嬉しそうだ。気のせいかもしれないけど。

「たんじょーび、すごい」

どう転ぶか不安だったけど、母さんは意外にも優しいし、想夜歌も喜んでくれたし、結果的には正解だったな。

「そろそろ帰るか」

「えー」

「いつまでも会社にいたら迷惑だからな」

「まだかえらない。ママ、終わるのまってる」

相当嬉しかったのか、想夜歌はぐずり始めた。

俺はしゃがんで、想夜歌の頭を撫でた。

「ふふふ……なんとな、まだ誕生日は終わりじゃないんだ」

「ほんと？」

「ああ。家でパーティーをするぞ！」

「ぱーちー！　する！」

なんとか、想夜歌の機嫌を直せたようだ。エレベーターで降りてビルを出る。

当然、想夜歌の誕生日プレゼントはこれだけじゃない。むしろ、母さんと会わせるのはおまけみたいなものだ。

まだ俺が祝ってないからな！

「お兄ちゃん、おんぶ」

「そうだな！　今日は忙しいから、体力を回復しないとな」

想夜歌が甘えてきたので、背負いあげる。

四歳になっても、まだまだ子どもだな。当たり前か。

でも、日に日に重くなっていく体重と、達者になっていく口。どんどん増えるできること。

ずっと一緒にいる俺だからこそ感じる変化が、俺は嬉しくて仕方ない。

誕生日だけとは言わず、毎日祝いたいくらいだ。

「おんぶ、すきー」

俺の背中に、ぐりぐりと額を押し付けてくる。

「兄じゃなくて足と呼んでくれ」

「あし？」

おっと、決してマゾヒストではないぞ。

想夜歌専用タクシーなだけだ。いくらでも運びます。

「ママのぷれぜんと、なにかなー？」

「電車で座れたら開けるか？」

「うん！　たぶんね、ぱそこんだとおもう！　たくさんあったもん」

「そんなに大きくないなぁ」

会社にはパソコンがずらりと並んでいたから、一つくらいもらってもいいと思ってない？

紙袋の中にはラッピングされた箱が見える。店員に聞いたと言っていたけれど、なんだろう。

「はやくはやく」

電車の中は幸い空いていたので、想夜歌は二つ並びで空いている席を見つけて、ばたばたと座った。

隣にいるおばあちゃんが、微笑(ほほえ)ましく想夜歌を見ている。軽く会釈(えしゃく)して、俺も座った。

「じぶんであけます」

「大人だから？」

「そーです」

想夜歌は胸を弾ませながら、俺からプレゼントをひったくった。

包み紙をびりびりに破きながら、拙い手つきで開封していく。

「ミニスカちゃんだ！」

箱がちらりと顔を見せた瞬間に気づいたようだ。さらに開封ペースを上げる。すぐに包み紙を完全に剝がされ、全容を現した。

想夜歌が最近ハマっているアニメのオモチャだ。主人公の着せ替え人形のようなものである。

「ママ、すごい！　そぉか、ほしかったやつ。なんでしってるの？」

「……なんでだろうな」

俺が教えた……とかではない。

職場見学の約束はしたけど、プレゼントを用意したのも、この商品を選んだのも母さんの判断だ。

たまたま、想夜歌が欲しかったやつだったのかもしれない。ミニスカちゃんはなぜか人気アニメだし、これは最近よくＣＭで見る商品だ。店員に人気商品を聞いたのなら、偶然これを選ぶ可能性もある。

あるいは、想夜歌が欲しがっていると知って選んだのか……。もしそうなら、店員に聞いたというのは照れ隠しか？

どっちもありえそうだから、俺にはわからない。

わかるのは、悔しいが母さんのチョイスは完璧だったということだけだ。

想夜歌のテンションは入園式や親子遠足よりも最高潮に高まっている。

「これね、ミニスカちゃんのスカート、かえられるの」

「スカートが本体なのに？」

「いろがかわるんだよ！」

擬人化した衣服であるミニスカちゃんは、その名の通りミニスカートに手足が生えたような姿をしている。

箱の説明を軽く見てみると、柄や色の違うスカートを選んで着せ替えができるらしい。

「あけていい？」

「ここで開けたら失くすから、帰ってからにしよう」

「じゃあ、みてる」

素直に受け入れた想夜歌は、電車を降りるまでニコニコと箱の外から眺めていた。

行きと同じ時間揺られ、最寄り駅に到着した時には時刻は三時を過ぎていた。

「ちょうどいい時間だな……」

「んー？」

「パーティーに間に合いそうってことだよ」

「ぱーちー、たのしみ！」

もちろん、この後のプランも完璧なのだ。

誕生日パーティーに関しては暁山に任せた。俺と想夜歌が家を出たあとに、暁山がうちに来て準備をする手筈だ。若干不安だけど、ここは暁山を信じよう……。

メッセージを送ると準備は終わっているとの返信が来たので、真っすぐ帰宅する。

「想夜歌、ドアを開けてくれるか？」

「まかしぇろ。よんさいなので！」

頼むと、想夜歌は軽い足取りでドアの前まで駆けていった。

想夜歌は取っ手に手をかけて、一気に開け放つ。

「そよかちゃん、たんじょうび、おめでとう！」

パーン、と小気味いい音を立てて、クラッカーが鳴らされた。ひらひらと紙吹雪が降る。

「おめでとう。待ってたわよ」

「想夜歌ちゃん、おめでとー！」

郁の後ろに立つのは、暁山と柊だ。

祝いの言葉をかけて、二人もクラッカーの紐を引いた。

想夜歌はドアを開けた体勢のまま、かたまっている。

「想夜歌、みんなで誕生日パーティーだ！」

「やったぁああ！」

みんなが笑顔で出迎える玄関に、想夜歌は歓喜の声を上げながら入っていった。

そのままの勢いで、郁に抱き着く。

「いくー！」

郁は、華奢な身体に見合わない安定さで、想夜歌を受け止める。困ったような、しかし満更でもなさそうな顔で、想夜歌を抱きしめ返した。

「……今日だけは許してあげるわ」

暁山が郁と想夜歌のスキンシップを見て、奥歯をぎりぎりと噛みしめている。

俺も今すぐ引き離したいところだが……誕生日の幸せな気持ちを壊したくないので、拳を握りしめることで耐える。沈まれ、俺の右腕！

「あはは、二人ともすっごい顔してる」

柊に笑われるけど、俺たちは真剣だ。

本当に今日だけだからな……？

「なんでみんないるの？」

「たんじょうびだからだよ」

「たんじょーび、すごい！　そぉか、まいにちたんじょーびがいい」

想夜歌が郁から離れて、両手をあげる。

毎日誕生日だったらすぐおばあちゃんになっちゃうな！

「そよかちゃん、いこう」

郁はようやく離れた想夜歌の手を取って、リビングに誘導する。

本番はここからだからな！

リビングは暁山たちによって折り紙などで飾り付けされており、想夜歌のテンションがさっそく上がっている。

「ありがとな、暁山」

「ふふ、このくらいお安い御用よ」

いつになく暁山が頼もしい。

誕生日会の企画は、全て暁山がやってくれた。母さんの説得に集中できたのも、暁山がいてくれたおかげだ。

今回ばかりは、頭が上がらない。

「柊も、助かるよ。ありがとう」

「素直でよろしい。前は俺が楽しませたいから……とか言ってたくせにぃ」

「くっ……あの時はほら、二人で過ごそうと思ってたし」

柊はいたずらっぽく笑って、俺の肩をつんつんと突く。

ムカつくが、柊も色々と手伝ってくれたことは事実なので、甘んじて受け入れよう。

「あ、そういや瑞貴は？」

「部活があるから、遅れてくるみたい。ちなみに私は休んできちゃった」

「それは……大丈夫なのか？」

「毎日やってるんだもん。一日くらい平気だよー。私も想夜歌ちゃんのためになにかしたかったし！」

瑞貴がいない場に来るとは……とちょっと失礼な驚き方をしてしまった。

けど案外、柊は想夜歌のことを純粋に可愛がってくれているらしい。なんなら、瑞貴がいる場よりも想夜歌にデレデレだ。うちの妹が可愛すぎてすまんな……。

「想夜歌ちゃん、おいで。ケーキ作ったから、想夜歌ちゃんがイチゴを乗せたら完成だよ」

「いちご！　そぉか、ケーキつくります」

想夜歌はしっかりと手を洗って、柊の横に立った。

「ひーちゃん、じゅんびばっちりです！」

「えらいえらい。じゃあ、テーブルにケーキ出すね」

柊は冷蔵庫を開けて、生クリームに包まれたホールケーキを取り出す。それだけでも美味そうなのに、続いて取り出したのはボウルに山盛りになったイチゴだ。

「スポンジは家で焼いてきたんだよ～」

想夜歌は椅子によじ登り、目を輝かせる。

ケーキを買ってきたことは何度もあるけど、乗せるだけとはいえ作るのは初体験だ。

「想夜歌ちゃん、こうやって、好きな場所に置いていいからね」

柊がケーキとイチゴをテーブルに置いて、想夜歌に言った。

「わかった！」

想夜歌は元気よく返事して、イチゴに手を伸ばした。

「いくもやる？」

テーブルの横で興味津々に眺めていた郁に気が付き、想夜歌が声を掛ける。

「や……やらない！」

そしていつも通り、郁は強がった。めちゃくちゃやりたそうだけどな……。

もちろん想夜歌一人でも最高のケーキは作れるだろうが……仕方ない。二人で作ったほうが思い出になりそうだからな。

アシストしてやろう。

「郁、ケーキを作るのは難しいぞ」

「そうなの……？」

「ああ、そうだ。想夜歌一人だけでは、変なケーキになってしまう可能性がある。よければ、助けてやってくれないか？」

「……！　いいよ！」

単純……じゃなくて、素直な子だな！

郁はにこにこしながら想夜歌の対面に座って、イチゴを摘まんだ。

「そぉか、たわーつくる」

「たおれるよ」

「たおれても、たおれない」

「あっ、ちゃんとどだいをつくらないと」

二人はわいわい言いながら、白いケーキを赤く染めていった。

イチゴは乗りきらないくらい大量にあるので、好きなだけ積み重ねられる。倒れなければ、の話だが。

しかし、ケーキを作れるなんてさすがだな。

生クリームは丁寧に塗ってあって見た目も綺麗だし、これならスポンジの味も期待できそうだ。まあ、生クリームには今しがた想夜歌が大きな手形を刻んだところだけど。

尊敬の念を込めて柊を見ると、顎のラインを隠すようにピースして、どや顔した。

「惚れてもいいよ」

「惚れたわ」

「ごめんなさい。私はくれもっちゃんとは付き合えないかな……」

「惚れてもいいって言ったのに!?」

「付き合うとは言ってないよん」

惚れさせるだけ惚れさせて、告られたら捨てる……なんて悪女！

さすが、数多の男を勘違いさせてきただけあるな……。想夜歌の加護がなかったら、危うく勘違いするところだったぜ。

「響汰、本当に惚れていないでしょうね……？」

「あいにく、俺の心は想夜歌でいっぱいだから、他の生物が付け入る隙はないんだ」

「そう……よかったわ」

「よかった？」

「……響汰みたいな変人に好かれたら、ひかるが大変よ」

「そりゃあ悪かったな。そうはならないから安心してくれ」

相変わらず、暁山の俺への評価は地の底だな……？

ある程度の信頼関係を築けたと思ったのは、俺の思い込みだったのかもしれない……。

「できた！　いちごたわー」

「違うゲームやってない!?」

「たかいは、つよい」

綺麗に盛り付けるものだというのは、大人の固定観念かもしれない。

なるほど、イチゴはなるべくたくさん乗ってたほうが嬉しいもんな！

「想夜歌ちゃん、ばっちりだよ！　ありがとっ」

「けーき、おいしくなった？」

「なったなった。想夜歌ちゃんはパティシエになれそうだね。天才だよ」

柊は想夜歌の手を拭きながら、べた褒めする。

拭き終わったころ、柊が愕然とした表情で俺を見た。

「……やば、ナチュラルにくれもっちゃんみたいなこと言ってた」

「素質あるよ」

「うう～、想夜歌ちゃんも郁くんも二人とも欲しい～」

続いて郁の手も拭くと、二人同時に抱きしめた。

「ひ、ひかる姉ちゃん……」

あ、郁が顔を赤くしている。小さくても男だな……。わかるぞ、柊のスキンシップは、その気がなくても気になってしまう。特に胸のあたりとか。

「ひかる……？」

照れた郁を見て、姉が怖い顔をしている。

さしもの柊も、冷や汗を浮かべながら離れた。

「さ、さあて、じゃあケーキは私が預かるね！　最後の仕上げをしてくるから」

イチゴが山盛りになったケーキを持って、一度キッチンに下がっていった。

「想夜歌はこの席だ」

「ケーキまだ？」

「もうちょっとだ」

そわそわする想夜歌を押しとどめている間に、暁山と目配せしてカーテンを閉めた。

柊の準備が終わったのを見計らい、暁山が電気を消した。

隙間から入る明かりで完全に真っ暗にはならないけど、雰囲気は出るだろう。

「想夜歌ちゃん、誕生日おめでと〜」

ケーキに蠟燭を立てた柊が、ケーキを再び持ってきた。

暗い部屋の中で、小さな四つの灯だけが揺れている。

「わぁっ」

想夜歌が感極まったように口元を覆う。

乙女な反応だ。みんなも、自然に笑顔が零れた。

誰もが馴染みのあるメロディとともに、誕生日を祝う。

「ふーってしていいの？」

「いいぞ」

「ほんとに？　きえちゃうよ？」

「ぜひ消してくれ。消した分だけ大人になれるんだ」

「けす！」

歌の終わり、想夜歌(そよか)が大きく息を吸った。

「ふーっ、ふーっ、ふっふふふー」

残念ながら一度で消しきることはできなかったが、謎のリズムで全ての蠟燭(ろうそく)を消すことに成功した。

「さすが想夜歌……蠟燭を消すことにすら才能を感じる」

「どんな才能よ……」

「可愛(かわい)く消す才能？」

「……たしかに、認めざるを得ないようね」

おっ、ついに暁山(あきやま)が想夜歌の可愛さを認めたぞ。

四歳の想夜歌は一味違うということか。

蠟燭を消すというイベントも終わったので、電気を点(つ)ける。

昼間に行うので、食事はなしでさっそくケーキを食べる。ケーキだけでも十分お腹いっぱいになりそうだしな。

「切り分けてくるね」

柊(ひいらぎ)がまたキッチンにケーキを持っていった。

恐ろしく手際がいいな！　やはり、家でもやっている分慣れているのかもしれない。ただの陽キャ女子かと思っていたら、意外にも家庭的であなどれないな……。

柊が戻ってきて、取り分けた皿を並べる。

もちろん、想夜歌のお皿はイチゴ山盛りで。次に多いのは郁だ。

「いただきます！」

フォークを持って、想夜歌が大きな声で宣言した。

真っ先に手を伸ばしたのは、丸ごと乗っているイチゴだ。

「うまっうまっ」

嚙みながら、弾けるばかりの笑顔を見せた。

なんだろう、さっきから部屋中が生暖かい空気で充満しているな。想夜歌を見ていると、誰もがほっこりする。

「おいしいすぎる！」

「やったっ」

想夜歌がケーキの部分も食べ、舌鼓を打つ。

その様子を見ながら、俺たちも食べ始めた。

「姉ちゃん、ぼくもケーキつくりたい」

郁も大層気に入ったのか、ケーキを食べながらそう言った。

「う、うちで……？　ええ、もちろんいいわよ。私に任せなさい」

「郁、死にたくないならやめとけ……？　生クリームはすぐ腐るからな。そこのお姉さんに頼むんだ」

「だ、大丈夫……とは言い切れないけれど」

柊のケーキを見たあとでは自信など湧いてくるはずもなく、暁山は目を泳がせた。

想夜歌も郁も、そんなに楽しかったならなにかお菓子作りとかに挑戦するのもアリだな。自分で作れば、美味しさも倍増だ。

「ふー、おなかいっぱい」

ぺろりと平らげた想夜歌が、お腹を押さえながら息を吐く。

「ごちそうさまでした！」

「どういたしまして～。じゃあ、片付けちゃうね。まだ余ってるから、明日にでも食べて」

瑞貴の分を残しても、まだ想夜歌の分くらいはある。ありがたくいただくとしよう。

ケーキを食べれば、いよいよプレゼントタイムだ。手分けしてテーブルを綺麗にしたら、改めて想夜歌を座らせる。

その時、インターホンが鳴った。

「あ、瑞貴かな？」

柊が突然女の顔になって、るんるんで玄関に迎えにいった。

切り替え早いな……。

「おっと、もしかしてジャストタイミングかな?」

上がってきた瑞貴が、部屋の様子を見てそう言った。

手を後ろに回して、なにか持っているようだ。

「誕生日おめでとう、想夜歌ちゃん。これ、俺からのプレゼント」

想夜歌の前で膝をついて、イケメンスマイル。そして、背中に隠していたものを差し出す。

「おはな!」

「想夜歌ちゃんにぴったりの、赤いバラだよ」

「みじゅき、あいとー!」

こ、こいつ、想夜歌に一輪のバラをプレゼントだと!?

なんてキザな真似を……。そんなの、想夜歌がときめいちゃうじゃないか!

案の定、想夜歌は受け取ったバラを大切そうに持っている。

「想夜歌ちゃんは何歳になったの?」

「よっつ!」

「そっか。もうお姉さんだ」

「そーです。そぉかは、おとな」

「めでたいね。これからも、お兄ちゃんを大切にね」

「うん!」

瑞貴……お前、いいやつじゃないか。

その言葉に免じて、想夜歌を口説いた件については不問にしてやってもいい。いや、やっぱり許せないからあとで闇討ちしておこう。

ずっと持っているとプレゼントで両手が塞がってしまうので、一度バラを預かった。花瓶にでも生けておこう。

「じゃあ次は私ね！　はい、これ。子ども用のネイル」

「あいとー！　……これなあに？」

「ふふ、これはね……。手出して」

困惑する想夜歌の手を取って、瓶の蓋を開ける。人差し指の小さな爪に、そっとピンク色のネイルを塗る。

「ね？　可愛いでしょ？」

「かわゆい！　そぉか、かわゆくなった？」

「なったよ！　元から可愛いけどね！」

「そぉかもやりたい！」

想夜歌は柊の真似をして、別の指にも塗り始めた。

なるほど、ネイルに子ども用のものなんてあったんだな。うちは母さんがあんな感じだし、俺は女の子特有のものについてはさっぱりわからないので、思いつきもしなかった。

女の子は化粧とかに興味を持つって言うもんな。

「安全な素材だし、お湯ですぐ落ちるから」

柊が俺向けに説明してくる。なるほど、それなら安心だ。

想夜歌も、非常に興味を惹かれている。これは、なくなったらリピート確定かな？

「次は私よ。……面白味のないもので申し訳ないのだけれど」

暁山が控えめに差し出したのは、子ども用の可愛らしい傘だ。プレゼントラッピングの代わりに、赤いリボンが結んである。

「想夜歌ちゃんの傘、最近折れてしまったでしょう？　想夜歌ちゃんに似合いそうなものを探してきたのだけれど……」

「かさだ！　かわゆい！」

想夜歌はさっそく開いて、嬉しそうにくるくると回す。

傘が壊れたのは、ついこの前だ。

たしか、俺と暁山が午後の授業をサボった日の朝。

「……よく気づいたな」

「ママ友だもの」

「ああ、助かるよ。実用的で、可愛い。完璧なプレゼントだ」

「当然よ。私が選んだのだから」

晩山がこんなに想夜歌のことを考えてくれているなんて、思いもしなかった。郁のことしか見えていないのかと。

俺も、想夜歌が最優先とはいえ、郁のことも弟のように思っているからな……。晩山も同じ気持ちなのかもしれない。

俺と晩山の間だけでなく、子どもたちも含めて、良い関係になってきたように思う。

「つぎはぼく！」

満を持して、郁が手を挙げた。

「あのね、えっとね……うれしいかわからないけどね」

姉と一緒で、予防線を張りながらプレゼントを差し出した。

照れているのか、視線はそっぽを向いている。

「あいとー！　なあに？」

「あけてみて」

「うん！」

郁のプレゼントは、手のひらサイズの小さな包みだ。

中から出てきたのは、ハートのネックレスだ。安いものだろうけど、ピンクゴールドの光沢が美しい。

「きゃわゆい～！」

想夜歌が、まるで恋に落ちたかのような黄色い声を出した。

郁のやつ……ショッピングに行った時はおもちゃにする、みたいなこと言ってたくせに……。これ、完全に告白だよな？　彼氏の座を狙っているよな？

「お兄ちゃん、つけて！」

想夜歌がネックレスを持ってやってきたので、悔しいが受け取る。

つけたくない……でも、想夜歌を喜ばせたい……。

「なにが悲しくて、別の男が買ったネックレスをつけてあげなきゃいけないんだ」

泣く泣く、想夜歌の首にネックレスを回す。

「うわぁ、醜い嫉妬だね、くれもっちゃん」

「なんとでも言え……」

想夜歌の首の後ろで金具を留めてあげる。

「可愛すぎる!?」

ばっちり似合っていた。オーダーメイドかと思うほど、想夜歌の愛らしさを際立たせている。

郁め……いいプレゼントじゃないか……。

「いく、かわゆい？」

「う、うん。かわ……かわいい、よ」

「やったー！　いくにかわゆいっていわれた！」

二人のやり取りが眩しい。

このまま放っておくと本気で恋愛に発展しそうなので、咳払いをして止める。

「こほん。じゃあ、ラストはお兄ちゃんからのプレゼントだな！」

俺はもちろん、想夜歌の好みを完全に把握している。

「俺からのプレゼントはなんと、ミニスカちゃんのイベントチケットだ！　定員があるから、いつでも手に入るものじゃないぞ！」

カバンから取り出して、想夜歌に見せる。

我ながらこれ以上ないほどのプレゼントだ……。想夜歌はぜったい喜んでくれるはず。

しかし、想夜歌は無言のまま、俺に近づいた。

「あれ……？」

なにも言わず、ぼすっ、と俺に抱き着く。

俺はチケットを持ったまま受け止めた。

「想夜歌……？」

「お兄ちゃん、ありがとう」

「お、おう？　チケット嬉しいか？」

「ちけっと、うれしい。ママのとこいったのも、うれしい」

「そうだな、それも俺からのプレゼントだ」

もっとテンション上げて喜んでくれると思ったが、なんだかしんみりしている。

嬉しくなかったの……？

「そぉかね、ママがすきなの。でもね、お兄ちゃんはもっとすき」

「想夜歌……」

「お兄ちゃんがそぉかのこと、いっぱいいっぱいかんがえてくれるの、しってるよ。そぉか、お兄ちゃんだいすき」

その言葉で、全てが報われた気がした。

母親の代わりにはなれないのだと、ずっと負い目に感じていた。

あくまで俺はただの兄で、親ではない。世話をすることはできても、寂しさを完全に埋めてやることはできないのだと。

だから今回は、母さんを頼った。

想夜歌が一番求めているものだと思ったから。それは間違いなくて、想夜歌はとても喜んでくれた。

でも……それ以上に、俺のことも必要としていてくれたんだ。

想夜歌のこの涙を見て、それを実感した。

結局、俺より母さんのほうがいいんじゃないか……なんて、ちょっとでも思ったことが見透かされたのだろうか。子どもというのは、案外聡いものだ。

まいったな。想夜歌の誕生日なのに、俺が最高の贈り物をもらっちまった。

「想夜歌、これからも俺と一緒にいてくれるか？」

「うん！　ひゃくさいまで、いっしょにいる」

「そりゃ大変だ。長生きしないとな」

想夜歌を力いっぱい抱きしめて、髪を撫でた。

やっぱり、想夜歌は最高の妹だ。


しばらく歓談したあとに、早めの時間に解散となった。

主役である想夜歌が、ソファですやすやと寝始めたからだ。その顔はとても幸せそうで、見ているだけでこっちも幸せになるほどだ。

瑞貴と柊が先に帰り、暁山と郁だけが残った。郁も船を漕いでいる。

「暁山、今日は本当にありがとうな」

「さっき聞いたわよ」

「それでも、言わせてくれ。暁山のおかげで、最高の誕生日になったよ」

お茶を入れて、ソファの前で隣同士に座って二人で飲む。

さっきまで騒々しかったので、急に静かになり不思議な気持ちだ。

子どもたちが寝ると、落ち着いた時間になるな。

暁山とこうして二人きりでゆっくり話すのも、意外と珍しい時間だ。

「私は大したことはしてないわよ」

目にかからないように郁の前髪を払いながら、暁山が言う。その横顔は慈愛に満ちていて、会ったばかりの冷たい表情は、見る影もない。いや、今もたまに怖いけど。

「俺からしたら、大したことなんだよ。暁山のおかげで、母さんに踏み込む決心がついたんだ。誕生日会だって、暁山がいなかったらここまで盛大にできなかった」

「……響汰が素直すぎて、むず痒いわね。普段からそのくらい可愛げがあるといいのだけれど」

「こっちのセリフだよ」

まったく。人が真面目にお礼を言っているのに、茶化して。

でもこの空気感は嫌いじゃなかった。

しばらく、無言の時間が続いた。お茶を啜る音と弟妹の寝息だけが、部屋の中で響く。

カフェインを取っているというのに、段々眠くなってきた。

「なあ、暁山」

「なに？」

「いや……」

やばい。そういえば、昨日は誕生日のことで頭がいっぱいで、ろくに眠れなかったんだった。

ここに来て、一気に眠気が来た。

「すまん、ちょっと眠く……」

「え？」

重力が俺だけ数倍になったかのように、下に吸い寄せられる。そのまま、身体を横に倒した。

まあ、寝ても平気か……。想夜歌も寝ているし、暁山は勝手に帰るだろう。明日は日曜日だから、起きる時間は何時でもいい……。

うつらうつらとする意識の中で、そんなことを考えていた。

「ちょ、ちょっと、いきなり抱き着くのは早すぎるというか……まさかその先まで……？だ、だめよ。私たちはママ友で……って、そういうこと」

暁山が、なんか言っている。でも俺は、この幸せな気持ちのまま、今日は眠りたいんだ。

あれ、ソファやカーペットにしては、なんだか暖かくて柔らかい気が……。

「……膝を貸すのはちょっとの間だけよ？　今日は、お兄ちゃんとして頑張ったものね」

暁山の、優しい声が聞こえて。

俺は、眠りについた。

……数時間後、目覚めた想夜歌がけっこんだふりんだと騒いでいたけど、なんのことやら俺にはさっぱりわからない。

GAGAGA

ガガガ文庫

ママ友と育てるラブコメ2

緒二葉

発行	2022年10月23日　初版第1刷発行
発行人	鳥光 裕
編集人	星野博規
編集	大米 稔
発行所	株式会社小学館 〒101-8001 東京都千代田区一ツ橋2-3-1 ［編集］03-3230-9343　［販売］03-5281-3556
カバー印刷	株式会社美松堂
印刷・製本	図書印刷株式会社

Printed in Japan　ISBN978-4-09-453092-6